시간여행

Sara, Book 1
-Sara and the foreverness of Friends of a Feather

First published by Beyond Words Publishing, Inc. Hillsboro, Oregon.
All rights reserved.
Copyright ©2000 by Jerry and Esther Hicks
Korean translation rights ©2003 by LeeGaSeo
This edition was published by arrangement with Beyond Words Publishing, Inc.
through THE agency

시간여행

에스더 & 제리 힉스 지음 | 이미정 옮김

이가서
Leegaseo publishing

모든 일은 언제나 순조롭게 흘러간다!

"사람들은 배우기보다는 즐기려 한다."

나는 유명한 출판업자 윌리엄 란돌프 허스트william Randolph Hearst가 한 이 말을 믿는다. 위대한 가치를 전달하고자 할 때, 즐기면서 배울 수 있는 방법을 택하면 가장 큰 효과를 볼 수 있으리라고 생각한 것은 그래서이다.

『시간여행』은 재미있으면서도 교훈적인 이야기이다. 내성적인 열 살 소녀가 가족과 친구, 이웃 그리고 선생님들과 함께 부대끼면서 정신적 지도자가 가르쳐준 완벽한 지혜와 무조건적인 사랑의 물결을 완전히 이해하는 모습을 보고 나면 여러분은 자신이 언제나 행복한 존재라는 사실을 깨닫게 될 것이다.

모든 일은, 언제나 순조롭게 흘러간다는 사실도 함께.

이 책을 읽으면서 자신이 누구이며 왜 이 세상에 태어났는지를 생각해 보기 바란다.

또한 즐겁게 책을 다 읽고 난 후, 독자 여러분이 중요한 일을 얼마나 빨리, 얼마나 많이 깨달았는지 깨닫길 빈다.

그때부터 여러분은 또 다른 차원의 기쁨을 맛볼 수 있을 것이다.

— 에스더 & 제리 힉스

차례

"네 삶을 보다 간단하고 행복하게 만드는 방법이 있어. 네 밸브가 열렸는지 잠겼는지에 주의를 기울이는 거야."

"내 밸브라고? 그게 뭔데?"

"사랑, 맑고 긍정적인 에너지는 언제나 너를 향해 흐르고 있어. 집으로 흘러드는 수돗물과 비슷하지. 수돗물은 항상 수도꼭지 안에 있어. 그렇기 때문에 물이 필요할 때는 수도꼭지를 열기만 하면 돼. 그럼 물이 나오지. 하지만 수도꼭지를 잠가두면 물이 나오지 않아. 네가 할 일은 행복이 들어올 수 있게 네 밸브를 열어두는 거야. 행복은 항상 네 가까이에 있어. 넌 밸브를 열어 행복을 들여보내야 해."

"가장 중요한 것은, 하고 싶은 일을 하고 있다는 느낌이야. 그러니까 사라, 이제 시간 나는 대로 내 말을 따라해 봐."

"날아다니는 연습을 하라고? 좋아!"

"그게 아냐, 사라. 정말로 하고 싶은 일이 있다면, 무엇을 하고 싶으며 왜 그 일을 하고싶은지에 대해 생각해 보란 말이야. 바로 지금 그 일을 하는 중이라고 느낄 때까지 말야. 이게 바로 네가 배운 가장 중요한 교훈이야. 사라, 잊지 말고 꼭 내 말대로 해봐."

하얀 눈 같은 솔로몬의 깃털은 조명을 받은 듯 밝게 빛났다. 이전에 알고 있던 모습보다 훨씬 크고 대단히 밝았지만, 틀림없는 사라의 솔로몬이었다. 그들은 작은 마을 위로 한없이 높이 날아올랐다. 감각이 극도로 예민해졌다. 눈에 보이는 모든 사물이 놀랄 정도로 아름다웠다. 사라가 지금까지 본 그 어떤 것보다 선명했고 찬란한 색채였다.

공기 중에 떠도는 묘한 향기는 사라를 취하게 만들었다. 그렇게 달콤하고 아름다운 향기는 한 번도 맡아본 적이 없었다.

"솔로몬, 어쩜 이렇게 아름다울까!"

"솔로몬, 넌 죽어가고 있어!"

찢어질 듯한 가슴으로 사라가 소리쳤다.

"사라, 잘 들어. 난 죽지 않아. 죽음 같은 건 이 세상에 없어. 단지 이 몸을 쓰지 않을 뿐이야. 내 몸은 이제 늙은 데다 약간 뻣뻣해졌어. 새커의 오솔길에 사는 손자, 손녀들을 즐겁게 해주려고 몸을 잔뜩 꺾는 묘기를 보여줬더니 그 뒤로 계속 목이 안 좋더라고."

눈물이 뚝뚝 떨어지는데도 그 말에는 웃음이 났다. 솔로몬은 최악의 상황에서도 항상 사라에게 웃음을 가져다주었다.

"사라, 우리의 우정은 영원해. 나와 이야기하고 싶을 때는 언제든지 날 불러. 하고 싶은 이야기를 정한 후, 정신을 집중하고 기분이 좋아지는 생각만 하면 돼. 그럼 난 바로 네 곁으로 갈 거야."

1

나만의 시간을 방해하지 마!

따뜻한 침대 속에서 뒹굴던 사라는 얼굴을 찌푸렸다. 일어날 시간이다. 겨울은 해가 짧아서 싫어. 날이 밝아올 때까지 따뜻한 침대에 누워 있을 수 있다면 얼마나 좋을까.

사라는 방금 전의 꿈을 생각했다. 정확하게 생각나지는 않지만 기분 좋은 내용이었던 것 같다.

'아직 일어나고 싶지 않아.'

따뜻한 침대에 깊숙이 파고들면서 바깥에서 나는 소리에 귀를 기울였다. 엄마는 이미 일어나서 하루 일과를 시작하고 계시겠지. 방금 전에 꾸었던 기분 좋은 꿈을 한 조각씩 떠올려보았다. 기억나지는 않지만, 너무나 달콤한 꿈이었다.

'이런, 오줌 마려워.'

따뜻한 침대에서 몸을 일으키기는 정말 싫다. 사라는 자세를 이리저리 바꾸며 소변을 참아보려고 했다. 긴장을 풀고 가만히 누워 있으면 오줌 마려운 걸 잊을 수 있을까. 하지만 더 이상 참을 수 없었다.

'좋아, 일어난다고. 아악, 또다시 하루가 시작됐군.'

살금살금 발뒤꿈치를 들고 조심스럽게 화장실로 들어간 사라는 조용히 문을 닫았다.

좌변기 물은 내리지 않았다. 잠에서 깬 후의 평화로운 시간을 혼자 좀더 누리고 싶었던 것이다. 조용하고 평화로운 시간을 5분만 더 즐기는 거야. 그때 아래층에서 엄마의 목소리가 들려왔다.

"사라? 일어났어? 내려와서 엄마 좀 도와주겠니?"

뭐야, 그렇게 조심을 했건만, 엄마는 내가 깬 것을 어떻게 알았지? 사라는 큰 소리로 외쳤다.

"네. 지금 내려가요!"

정말이지 엄마는 집안 식구들이 언제 무엇을 하고 있는지 다

아는 사람 같다. 어떻게 가족들의 움직임을 하나도 놓치지 않고 꿰뚫어볼 수 있을까? 방마다 도청장치를 숨겨둔 게 분명해. 사라는 피식 웃고 말았다.

'방법이 있어. 이제부터 잠자기 전에는 물이나 우유를 마시지 않는 거야. 그리고 잠에서 깼을 때는 가만히 누워서 생각만 하자. 그럼 내가 일어났다는 사실을 아무도 모를 거야.'

스스로 생각하기에도 기막힌 아이디어였다.

'사람들은 몇 살 때부터 자기 혼자만의 생각을 즐기지 못하게 됐을까? 사람들은 한시도 조용히 있지 못해. 항상 수다를 떨거나 텔레비전을 보니까 자신의 생각을 듣지 못하지. 차에 타면 제일 먼저 라디오를 켜잖아. 시간만 나면 모임에 가거나 영화를 보러 가고, 아니면 춤을 추러 가거나 야구 경기를 보러 가. 아아, 할 수만 있으면 세상 모든 것에 침묵의 이불을 덮어씌우고 싶어. 잠깐만이라도 말야. 그런 다음 나 자신의 생각을 듣는 거야. 깨어 있으면서도 다른 사람들의 소리를 듣지 않는, 그런 방법이 어디 없을까?'

심각한 고민에 빠진 사라의 걸음이 조금 더뎌졌다.

'그래, 모임을 만드는 거야. 자생모자신의 생각을 듣고 싶은 사람들의 모임 같은 거 말야. 물론 회원 가입 규정도 만들어야지. 다른 사람들을 좋아할 수는 있지만 그들과 이야기하지는 않는다. 다른 사람들을 지켜볼 수는 있지만 자신이 본 것을 누군가에게 설명하지는 않는다. 가끔씩 혼자서 생각에 잠기는 일을 좋아해야 한다. 다른 사람을 도와주는 것은 괜찮다. 하지만 최소한의 도움만 주도록 한다. 그렇지 않으면 자신을 해치는 덫에 걸리니까. 남을 너무 자주 도와주면 모든 일이 틀어지게 되고 말지. 그러므로 다른 사람들이 눈치 채지 못하도록 사람들을 가만히 지켜보기만 해야 하는 거야. 그런데 이런 모임에 들고 싶은 사람이 있을까? 아니야, 다른 사람들이 들어오면 안 돼! 내 모임에는 아무도 필요 없어. 내 인생은 이미 풍요로울 뿐 아니라 충분히 재미있어. 다른 사람들은 필요 없다고.'

2

강물은 마법의 양탄자

"사라, 답이 뭐지?"

요르겐센 선생님의 목소리에 사라는 정신이 번쩍 들었다. 그러자 한참 동안 골몰해 있던 혼자만의 생각을 놓치고 말았다.

"네? 저기, 무슨 말씀인지……."

사라는 더듬거렸다. 그러자 스물일곱 명이나 되는 반 아이들이 모두 낄낄대며 웃었다.

다른 사람이 당황해하는 모습을 보고 재미있어 하는 이들을 사라는 이해할 수가 없다. 그들은 늘 그런 식이었다. 다른 사람은 기분이 나쁜데 뭐가 재미있다는 거지? 하지만 요르겐센 선생님의 따가운 눈총과 반 아이들의 흥미진진한 시선을 한 몸에 받고 있는 지금은 그 이유를 생각할 때가 아니었다.

"어서 말해 봐, 사라."

아이들이 더 큰 소리로 웃었다. 얘들아, 제발 그만 웃을 수 없니?

"사라, 일어서서 대답해."

선생님은 왜 이렇게 날 괴롭히는 거지? 그게 그렇게 중요한 질문이야? 대여섯 명의 아이들이 키득거리며 덩달아 소리쳤다. 사라, 일어나! 일어나! 사라는 몸을 의자 깊숙이 묻으면서 작은 목소리로 말했다.

"몰라요, 선생님."

"사라, 뭐라고 했니?"

선생님이 호통을 쳤다.

"모른다고 했어요. 선생님, 답이 뭔지 모르겠어요."

조금 더 큰 목소리로 사라가 말했다.

"질문이 뭔지는 아니?"

당황한 사라의 얼굴이 빨개졌다. 질문이 무엇이었는지도 사라는 몰랐다. 공상에 빠져 다른 세계를 헤매고 있었기 때문이다.

"사라, 선생님이 한 가지 충고해도 될까?"

사라는 고개를 숙였다. 예라고 답하든 아니라고 답하든 선생님은 그 충고를 반드시 하실 것이다.

"사라 아가씨, 쓸데없는 생각이나 하면서 창밖만 멍하니 바라보지 말고 여기 이 교실에서 일어나는 중요한 일에 집중을 좀 해주세요. 그리고 부탁인데, 텅 빈 그 머릿속에 뭔가를 집어넣으려고 노력해 주면 더 고맙겠군요."

반 아이들이 더 요란하게 웃었다. 도대체 수업은 왜 안 끝나는 거야?

다행히 그때 종소리가 울렸다. 드디어 수업이 끝났다.

사라는 빨간색 부츠가 하얀 눈 속에 파묻히는 모습을 바라보며 집으로 천천히 걸어갔다. 눈이 많이 내린 것은 고마운 일이었다. 사방이 조용해서 고마웠고, 집으로 이어지는 길을 걸으며 혼자만의 생각에 잠길 수 있어서 고마웠다.

사라는 중앙로 다리 위에서 아래를 내려다보았다.

강물이 걸어서 건널 만큼 꽝꽝 얼었는지 궁금했다. 새 몇 마리가 얼음 위에 앉아 있다. 덩치가 조금 큰 강아지 발자국이 눈 위에 찍혀 있었다. 하지만 사라의 몸무게에도 깨지지 않을 정도로 얼음이 두껍지는 않은 것 같았다. 게다가 무거운 책가방을 메고 두터운 외투와 부츠까지 신고 있으니…… 좀더 기다려야겠어. 사라는 얼어붙은 강물을 바라보며 생각했다.

녹슨 난간에 기대어 얼음을 내려다보고 있노라니 더없이 즐거웠다. 어느 때보다도 기분이 좋았다. 사라는 아름다운 강을 조금만 더 보고 가기로 했다. 가방을 발치에 내려놓고 녹슨 철 난간에 몸을 기댔다.

그 난간은 사라가 이 세상에서 가장 좋아하는 장소였다.

세상에 이렇게 멋진 장소가 생겨주었다니. 사라는 이 오래된 난간이 기대기에 딱 좋은 형태로 구부러졌던 날을 떠올리며 미소를 지었다.

그날 잭슨 아저씨가 트럭을 몰고 얼음이 언 미끄러운 도로를 달리고 있었다. 그때 피터슨 아줌마의 하비라는 닥스훈트 종 개가 길 위로 갑자기 뛰어들었다. 잭슨 아저씨는 개를 피하려고 브레이크를 밟다가 미끄러져 난간을 들이박고 말았다.

마을 사람들은 트럭이 강으로 추락하지 않아서 천만다행이라는 이야기를 몇 달 동안이나 했다. 별것 아닌 사건을 크게 부풀려서 떠벌리는 사람들을 사라는 이해할 수가 없었다. 잭슨 아저씨의 트럭이 강으로 떨어졌다면 상황은 완전히 달라졌을 것이다. 그 정도 사건이라면 사람들이 소란을 떨 만하다. 혹은 잭슨 아저씨가 강에 빠져 죽었다면, 역시 커다란 이야깃거리가 됐으리라.

하지만 잭슨 아저씨는 강에 빠지지 않았다. 사라가 알기로 잭슨 아저씨는 털끝 하나 다치지 않았다. 트럭도 멀쩡했고 아저씨는 상처 하나 입지 않았다. 겁에 질려 며칠 동안 집 밖으로 나오지 않았을 뿐 하비도 전과 다름없이 건강했다.

'사람들은 괜히 걱정하기를 좋아하나 봐.'

다른 사람들이야 어떻게 생각하든 사라는 기대기에 좋은 장소가 생긴 것이 기뻤다. 커다랗고 무거운 철 난간은 지금 강 쪽으로 구부러져 있다. 정말 완벽한 장소였다. 마치 사라를 즐겁고 기쁘게 해주려고 만들어진 것처럼 말이다.

몸을 기울인 채 강 하류를 바라보았다. 가로질러 놓인 커다란 통나무가 보였다. 통나무를 발견한 사라는 난간이 구부러진 사건을 떠올렸을 때처럼, 빙그레 미소를 지었다. 그리고 '통나무 사건'에 대해 생각했다.

폭풍 때문에 크게 상한 커다란 나무 한 그루가 강둑에 있었다. 그래서 땅 주인인 농부는 마을 사람들 가운데 지원자를 몇 명 모아 나무를 자르기 전에 가지를 모두 쳤다. 그 당시 사라는 사람들이 그깟 일로 왜 그렇게 법석을 떠는지 이해할 수 없었다. 그건 단지 크고 오래된 나무일 뿐인데…….

아빠 때문에 가까이 가서 사람들이 말하는 이야기를 들을 수는 없었지만, 누군가 전선이 너무 가깝다고 말하는 소리를 들었다. 커다란 전기톱이 윙, 소리를 내며 작동하기 시작했다. 톱 소리가 너무 시끄러워서 다른 소리는 하나도 들을 수 없었다. 그래서 사라는 다른 마을 사람들처럼 멀찍이 서서 마을 최대의 사건을 구경했다.

톱 소리가 갑자기 멈추고 누군가 외치는 소리가 들렸다.

"조심해!"

지금 생각하면 귀를 틀어막고 눈을 꼭 감았던 기억밖에 안 난

다. 거대한 나무가 쓰러졌다. 마을 전체가 흔들리는 것 같았다. 하지만 눈을 떴을 때 사라는 환호성을 질렀다. 강 양옆의 좁고 더러운 길을 연결해 주는 완벽한 통나무 다리가 눈에 들어왔기 때문이었다.

사라는 양손을 쫙 벌려 균형을 잡고 통나무 다리를 빨리 건너가는 놀이를 좋아했다. 무섭지는 않았지만 조금만 실수해도 강에 빠질 수 있다는 점을 한시도 잊지 않았다. 통나무 다리를 건널 때마다 엄마의 날카롭고 걱정스러운 목소리가 귓가에서 울렸다.

"사라, 강 근처에서 놀면 안 된다! 잘못하다가는 빠져 죽을 수도 있어!"

하지만 사라는 그 말에 귀를 기울이지 않았다. 엄마가 모르는 사실을 알고 있기 때문이다. 물에 빠져도 절대로 죽지 않는다는 사실을.

두 해 전 어느 여름날, 늦은 오후였다.

사라는 집안일을 다 끝내고 강을 향해 걸어 내려갔다. 철제 난간에 잠시 기대 서 있다가, 지저분한 길을 따라 통나무 다리를 향해 걸었다. 녹은 눈 때문에 강물은 평소 때보다 높았다. 사실 강물은 통나무 위를 넘실거릴 정도였다. 사라는 통나무 다리를 건너가도 괜찮을지 잠깐 고민했다. 그때 주체할 수 없는 충동이 일었다. 그래서 결국 아슬아슬한 통나무 다리를 건너기로 마음먹었다.

통나무 다리 중간쯤에 다다랐을 때, 잠시 멈춰 섰다. 그리고 강물이 흘러가는 방향으로 몸을 틀었다. 조심스럽게 균형을 잡은 뒤, 용기를 내서 몸을 앞뒤로 가볍게 흔들어보았다. 그때 퍼지라는 피츠필드 씨의 지저분한 똥개가 난데없이 나타났다. 다리 건너편에서 뛰어놀던 퍼지는 사라를 알아보고 반갑다는 듯이 뛰어들었다. 퍼지와 부딪친 충격은 사라를 물살이 빠른 강물 속으로 빠뜨리기에 충분했다.

'그래, 이거였어. 엄마가 말한 대로 난 강물에 빠져 죽을 거야!'

사라는 순간적으로 그렇게 생각했지만 상황은 놀랍게 바뀌었다. 죽었다고 생각한 순간, 놀랍고도 신기하게 강물 위에 드러누워 거센 물살을 타고 있었던 것이다.

사라는 물살에 몸을 맡긴 채 지금까지 한 번도 본 적 없는 아름다운 광경을 바라보았다. 수백 번도 넘게 강둑을 걸어 다녔지만 그때 본 풍경과는 전혀 달랐다. 사라는 믿을 수 없을 정도로 부드러운 강물을 베개 삼아 베고 누워 높고 새파란 하늘을 바라보았다. 청명한 하늘이 빽빽한 나무와 듬성듬성한 나무, 혹은 굵직하거나 가느다란 나무들 사이로 모습을 드러냈다. 짙은 초록, 옅은 초록 등 저마다 다른 아름다운 초록색이 수없이 펼쳐졌다. 뼈가 시릴 정도로 강물이 차갑다는 사실도 느낄 새가 없었다. 마법의 양탄자를 탄 듯 부드럽고 조용하게 그리고 안전하게 떠내려가는 기분이 들 뿐이었다.

잠깐 사이에 사방이 어두워졌다. 강둑에 빽빽이 들어찬 나무 사이로 떠내려가고 있었기 때문에 하늘을 볼 수가 없었던 것이다.

"와, 정말 멋진 나무네!"

사라가 크게 소리쳤다. 매우 사랑스럽고 푸른 나무가 보였다. 나뭇가지 몇 개는 강에 닿을 정도로 깊이 고개를 숙이고 있었다. 길고 단단한 나뭇가지가 친절하게도 사라를 도와주려고 강을 향해 내려오는 듯했다.

"고마워, 나무야. 넌 무척 착하구나."

사라는 그 나뭇가지를 잡고 강 밖으로 나오면서 상냥하게 말했다.

어리둥절하면서도 즐겁기만 한 사라는 강둑에 서서 주위를 두리번거렸다. 도대체 어디까지 온 것인지 궁금했던 것이다.

세상에! 피터슨 아줌마의 커다란 헛간을 발견한 사라가 중얼거렸다. 1~2분밖에 안 지난 것 같은데 농장과 초원을 지나 8킬로미터나 떠내려 왔다니! 지금까지 이렇게 멀리 나온 적은 없었어. 집으로 가려면 한참을 걸어야 할 거야. 하지만 사라는 전혀 걱정이 되지 않았다. 가슴 가득 차오르는 흥분을 안고 가벼운 발걸음으로 깡충깡충 뛰며 집으로 향했다.

사라는 그날 따뜻한 욕조 속에 누워 곱슬곱슬한 갈색 머리에 묻은 온갖 종류의 나뭇잎과 먼지, 강에 사는 벌레를 떼어냈다. 그리고 엄마의 말이 확실히 틀렸다고 생각하며 미소를 지었다. 물에 빠져도 절대 죽지 않는다는 걸 엄마는 모를 거야.

사라는 강물 양탄자에 누웠던 날을 떠올리며 녹슨 난간에 몸을 기댔다. 그러자 자기도 모르게 긴 한숨이 새 나왔다.

"혼자서 조용하고 행복한 시간을 보내고 싶어. 난 지금 나 자신과의 대화가 필요하단 말야!"

3

돌아온 올빼미, 솔로몬을 찾아서

"누나, 기다려!"

남동생이 빠른 속도로 다가오며 소리쳤다. 사라는 교차로 중간에 멈춰 서서 기다렸다.

"누나도 가봐야 돼. 진짜 멋진 게 있어!"

멋지다고? 웃기시네. 사라는 남동생 제이슨이 '진짜 멋지다'고 했던 것들을 떠올려보았다. 예전에 제이슨은 덫에 걸린 헛간의 생쥐를 두고 힘을 주어 말했었다.

"내가 마지막으로 봤을 때는 분명히 살아 있었어!"

언젠가는 두 번씩이나 괜찮다는 말에 속아 동생의 가방 속을 들여다보기도 했다. 동생의 말을 철석같이 믿었던 사라는, 그때마다 불쌍하게도 제이슨과 그의 짓궂은 친구들에게 잡힌 어린 새나 생쥐를 발견하곤 했다. 그때 제이슨과 그의 친구들은 크리스마스에 새로 산 장난감 총을 시험해 보고 싶어 안달이 나 있었다.

멈춰 서서 기다리는 누나의 모습을 확인한 제이슨은 천천히 걸어왔다.

'남자애들을 이해할 수가 없어. 저항할 힘도 없는 불쌍하고 작은 동물을 괴롭히면서 어떻게 즐거워할 수 있지? 자기들이 덫에 걸려도 그렇게 좋아할까? 커다란 덫에 걸린 그 애들의 얼굴 표정을 한번 봤으면 좋겠어. 제이슨의 장난이 그다지 잔인하지 않고 재미있었던 적도 있긴 했지. 하지만 제이슨은 점점 더 심술궂은 짓을 많이 하는 것 같아.'

조용한 시골길 중간에서 동생이 다가오기를 기다리던 사라는, 문득 제이슨이 써먹었던 교활한 속임수가 생각나 미소를 머금었다. 그때 제이슨은 고무로 만들어져 반짝이는 가짜 구토물을 숨긴 채 책상 위로 고개를 푹 숙이고 있었다. 그리고는 존슨 선생님이 다가오자 갈색 눈을 들어서 아픈 척했다. 존슨 선생님은 관리인을 부르려고 급히 교실 밖으로 달려 나갔다. 선생님이 돌아왔을 때, 제이슨은 토한 것을 자기가 다 치웠다고 말했다. 선생님은 더 이상 아무 질문도 하지 않았다. 그리고 제이슨에게 집에 가도 좋다는 허락을 내렸다.

금방 토한 끈적끈적한 찌꺼기가, 어떻게 비스듬한 책상 위에 흘러내리지도 않은 채 작고 동그란 웅덩이 모양으로 남아 있을 수 있단 말인가!

존슨 선생님이 그런 뻔한 속임수에 속아 넘어갔다는 이야기를 들은 사라는 어이가 없었다. 하긴, 선생님은 나만큼 제이슨의 속임수에 많이 당해 본 적이 없었을 테니까, 그랬을 수도 있겠지. 처음에는 사라도 제이슨의 속임수에 번번이 속아 넘어갔다. 순진하게도 말이다. 하지만 이제는 더 이상 속지 않는다. 제이슨이 가까이 다가왔다.

"누나!"

제이슨은 큰일이라도 생긴 듯 숨을 헐떡이며 소리쳤다. 사라는 뒤로 물러섰다.

"제이슨, 소리 지르지 마. 바로 앞에 있는데 왜 그렇게 소리를 질러?"

"미안해, 누나. 누나도 꼭 가봐야 돼. 솔로몬이 돌아왔어!"

제이슨이 숨을 크게 들이마시며 말했다.

"솔로몬이 누군데?"

엉겁결에 질문을 한 사라는, 왜 질문을 했을까 하고 후회했다. 제이슨의 이야기엔 조금도 관심을 보이고 싶지 않았는데 말이다.

"솔로몬 말이야, 솔로몬! 새커의 오솔길에 사는 커다란 새!"

"새커의 오솔길에 커다란 새가 있다는 소리는 한 번도 못 들어 봤어."

사라는 관심 없다는 표정을 지어 보였다.

"제이슨, 난 멍청한 새 이야기에는 전혀 관심 없다고."

"그 새는 멍청하지 않아, 누나. 엄청나게 크다니까! 누나도 직접 봐야 돼. 빌리 말로는 자기 아빠 차보다 더 크대. 누나, 같이 가보자. 제발, 응?"

"차보다 더 큰 새는 없어."

"있다니깐! 못 믿겠으면 빌리 아빠에게 물어 봐. 어느 날 집으로 가다가 아주 커다란 그림자를 보고 비행기가 지나가는 줄 알았다고 빌리 아빠가 그랬어. 그림자가 차 전체를 덮었다는 거야. 하지만 그건 비행기가 아니었어, 누나. 그게 바로 솔로몬이었다고!"

사라는 조금 호기심이 생겼다.

"다음에 가볼게, 제이슨. 지금은 집에 가야 돼."

"누나, 제발 같이 가자! 솔로몬이 다시는 여기 안 올지도 몰라. 누나도 꼭 봐야 한다고. 같이 가자, 누나."

끈질기게 졸라대는 제이슨을 보자 사라는 슬슬 걱정이 되기 시작했다. 보통 때 제이슨은 이렇지 않았다. 사라가 아주 단호하게 거절하면 바로 포기하고, 얌전히 다음 기회를 노렸다. 하기 싫은 일을 하라고 계속 졸라대면 오히려 역효과가 난다는 사실을, 경험을 통해 잘 알고 있었던 것이다. 그런데 이번에는 다르다. 이렇게 뭔가에 사로잡힌 제이슨의 모습은 한 번도 본 적이 없었다.

"알았어, 제이슨. 그 커다란 새는 어디 있어?"

"솔로몬이라니까."

"새 이름이 솔로몬인지 네가 어떻게 알아?"

"빌리 아빠가 지어줬어. 빌리 아빠 말이, 올빼미래. 그리고 올빼미는 매우 현명한 새니까 솔로몬이라고 불러야 한다고 했어."

제이슨을 뒤따르는 사라의 발걸음이 조금씩 빨라지고 있었다.

"여기 어딘가에 솔로몬이 있어. 분명히 있다고."

사라와 제이슨은 하얀 눈 사이로 나뭇잎이 드문드문 드러난 숲을 바라보았다. 그러고는 심하게 썩은 울타리를 따라 눈 덮인 좁은 길을 걸어갔다. 방금 전에 뛰어간 듯, 개 한 마리의 발자국이 여기저기 나 있었다.

사라는 겨울이 닥치면 이 길로 다니지 않았다. 평상시 학교에 갈 때 이용하는 길이 아니었기 때문이었다. 하지만 찬란한 여름이 다가오면 셀 수 없이 많은 시간을 이 장소에서 보냈다.

낯익은 장소를 이리저리 둘러보자 정든 길을 다시 찾아왔다는 생각에 흐뭇한 기분이 들었다.

'이 길은 정말 맘에 들어. 나 혼자 차지할 수 있는 길이거든. 차도 안 다니고 이웃 사람들도 없고, 정말 조용한 길이야. 더 자

주 이 길을 지나다녀야겠어.'

"솔로몬! 나와라!"

제이슨이 외쳤다. 사라는 깜짝 놀랐다.

"제이슨, 소리 지르지 마! 솔로몬이 진짜 여기 있다 해도 네가 그렇게 소리치면 도망을 가버릴 거야. 있는지 없는지는 알 수 없지만."

"분명히 여기 있다니까."

"알았어."

"누나, 내 말 안 믿는 거야? 솔로몬은 여기 산다니까. 그리고 솔로몬이 도망가면, 그 모습이라도 볼 수 있잖아. 솔로몬은 진짜 큰 새야, 엄청 크다고!"

사라와 제이슨은 곧 내려앉을 것 같은 낡은 울타리의 녹슨 철망 아래로 겨우 기어들어 갔다. 그리고 숲 속 깊은 곳으로 걸어갔다. 무릎까지 쌓인 눈 때문에 길이 잘 보이지 않았다.

"제이슨, 너무 추워."

"조금만 더 가보자, 누나. 응?"

"좋아, 제이슨, 딱 5분만 더 찾아보자."

사라는 인심 쓰듯 말했다. 하지만 제이슨이 부탁해서가 아니었다. 호기심 때문이었다.

그런데 한 걸음 내딛는 순간, 사라는 눈 아래 숨겨진 관개 수로에 깊숙이 빠지고 말았다. 차가운 눈이 외투와 블라우스 안으로 파고들어 속살에 닿았다. 사라는 비명을 질렀다.

"여기까지야. 제이슨, 난 집에 갈 거야!"

짜증을 내는 누나의 모습에 제이슨의 얼굴이 환해졌다. 차가운 눈 속에서 빠져나와 옷 속에 들어간 눈을 털어내는 누나를 보며 재미있다는 듯 웃기 시작한다. 솔로몬 생각 따위는 금세 잊어버린 듯했다.

"세상에! 넌 이게 재미있어 보이니, 제이슨? 솔로몬 이야기도 모두 거짓말이었지?"

제이슨은 깔깔깔 웃으며 저만치 앞서 갔다. 한바탕 골탕 먹인 뒤에는 누나로부터 멀찌감치 떨어져야 한다는 사실을, 동생은 잘 알고 있었다.

"아니야, 누나. 솔로몬은 진짜 있어. 나중에 보면 알게 될 거야."

"잘도 있겠다!"

사라가 쏘아붙였다. 말은 그렇게 했지만, 왠지 제이슨의 말을 믿고 싶은 기분이었다.

4

어디선가 들려오는 신비한 목소리

‘학교는 이 세상에서 제일 재미없는 곳이야.’

사라가 오래전에 내린 결론이었다. 요즘 들어 학교생활은 더욱 견디기 힘들었다. 교실에서 벌어지는 일에 관심을 가져본 때가, 단 한 번이라도 있었던가?

그리고 오늘, 사라는 선생님의 말에 좀처럼 집중할 수가 없었다. 마음은 끊임없이 숲을 향해 달리고 있었던 것이다. 마침내 수업 끝나는 종이 울렸다. 사라는 가방을 사물함 속에 쑤셔 넣고는 곧장 숲으로 향했다.

“나 미쳤나봐.”

눈 속 깊이 찍혀 있는 자기 발자국을 따라 숲 속으로 점점 더 깊이 들어가며 사라는 중얼거렸다.

"있는지 없는지도 모르는 바보 같은 새 한 마리를 찾고 있다니!

못 찾으면 재빨리 여기서 나가야지. 여기 왔다는 사실을 제이슨이 알면 안 돼. 내가 그 따위 새 이야기에 넘어갔다는 사실을 눈치 채면 곤란하잖아?"

멈춰 선 사라는 귀를 기울였다. 사방은 너무나 고요하다. 자기 숨소리까지 들을 수 있을 정도로. 살아 있는 동물은 하나도 보이지 않았다. 새는커녕 다람쥐 한 마리도 없었다. 아무것도 없었다. 사라와 제이슨, 그리고 외로운 개 한 마리가 남겨놓은 발자국마저 없었다면, 지구상에 살아 있는 생명체는 자기 자신뿐이라는 착각이 들었을 것이다.

아름다운 겨울날이었다. 눈부신 햇살이 오후 내내 내리쬐었고, 쌓인 눈은 촉촉하게 젖어 반짝거렸다. 모든 사물이 빛을 발했다. 절로 노래가 흘러나왔다. 이처럼 아름다운 날, 혼자 생각에 잠겨 숲 속을 거닐고 있다니 얼마나 멋진 일인가?

하지만 사라는 조금 짜증이 났다. 솔로몬을 금방 찾을 수 있다고 생각했었던 것이다. 이 멋진 숲 속에서 거대하고 신비스런 새를 발견할 수 있다면, 내심 그런 기대를 품었던 것이다. 무릎까지 쌓인 눈 위에 홀로 서 있는 자신이 문득 바보 같다는 생각이 들었다.

"도대체 그런 새가 어디 있다는 거야? 에이, 집에 가야겠어!"

누구에게랄 것 없이 화가 치밀었다. 왔던 길을 향해 돌아섰다. 그리고 숲길을 걷기 시작했다. 그러다 문득 걸음을 멈추었다. 여름에 종종 지나다녔던 지름길이 떠올랐던 것이다.

'초원을 가로지르는 지름길로 가면 더 빠를지도 몰라. 지금쯤 강물이 얼었겠지. 강폭이 좁은 곳을 찾으면 강을 건널 수 있을 거야.'

울타리 철망을 기어 넘으며 사라는 생각했다.

수백 번도 넘게 지나다니던 여름철의 초원은, 눈 깜짝할 사이에 길을 잃을 정도로 낯설어 보였다. 깜짝 놀랄 정도였다. 여름이면 사라의 삼촌은 이 초원에 말을 풀어놓곤 했었다. 낯익은 표식들마저 눈 속에 파묻혀 버리자 초원의 모습은 전혀 달라 보였다.

강은 꽁꽁 얼어붙었다. 10센티미터가 넘는 눈이 쌓여 있었다. 사라는 잠시 멈춰 서 강폭이 좁은 곳이 어디였는지 기억해 보았다. 그때였다. 발아래에서 얼음이 갈라지는 소리가 들렸다. 아차하는 순간, 사라는 깨질 듯한 얼음 위로 쓰러졌다. 얼음 위에 납작하게 엎드린 사라의 옷 속으로 차가운 강물이 스며들었다. 기적같이 강물을 타고 떠내려갔던, 이 년 전의 일이 문득 떠올랐다. 하지만 오늘처럼 차가운 강물을 베고 누웠다가는 얼어 죽고 말 거야. 그렇게 생각하자, 소름이 쫙 끼쳤다.

"물에 빠져도 절대 죽지 않는다는 사실을 잊었니?"

어딘가에서 친절한 목소리가 들렸다.

"누구세요?"

하얗게 쌓인 눈에 반사되는 햇살에 눈을 찌푸린 채 사라는 주변을 두리번거렸다. 누군지는 모르겠지만, 왜 나타나서 날 도와주지 않는 거지? 얼음 위에 납작 엎드린 채 사라는 생각했다. 조금이라도 움직였다간 얼음이 깨질지도 몰라.

"얼음은 깨지지 않을 거야. 무릎으로 천천히 기어서 여기까지 나와."

어디선가 신비로운 목소리가 들렸다.

사라는 그 말을 따랐다. 다리를 끌어올려 천천히 무릎을 세웠다. 그리고는 목소리가 나는 쪽으로 조심스럽게 기어가기 시작했다.

젖은 옷 때문에 매우 추웠고, 그렇게 어리석은 짓을 한 자신에게 무척 화가 났다. 곧장 집으로 달려가, 자신에게 무슨 일이 있었는지 뻔히 보이는 몰골을 다른 식구들에게 들키기 전에 옷을 갈아입고 싶었다.

눈 더미에 반사되는 햇살에 미간을 찡그린 채 목소리가 들렸던 방향을 잠시 바라보았다. 빨리 돌아가야 해. 그리고 추위에 떨면서 자기 발자국을 따라 왔던 길로 되돌아가기 시작했다. 어리석게 강을 건너려고 했다니…… 자신이 한심스러웠다. 그때 한 가지 의문이 머릿속을 스치고 지나갔다.

"그런데 내가 절대 물에 빠져 죽지 않는다는 걸 어떻게 알았어요?"

누군가에게 사라가 물었다. 그러나 그 목소리는 대답하지 않았다. 사라는 다시 소리쳤다.

"이봐요, 어디 있어요?"

그때였다. 엄청나게 큰 새 한 마리가 저편 나무 꼭대기에서 날아올랐다. 하늘 높이 치솟았다가 숲과 초원을 한 바퀴 빙 돌고는 태양 속으로 사라졌다.

사라는 눈부신 햇살에 눈을 찡그리며 멍하니 서 있었다.

"솔로몬이야. 세상에."

5

솔로몬에게 물어봐야지!

다음 날 아침. 눈을 뜬 사라는 평상시처럼 이불 속으로 파고들었다. 그때 솔로몬이 생각났다.

'내가 정말 솔로몬을 본 것일까? 아니면 꿈을 꾼 걸까?'

하지만 기억은 생생했다. 학교가 끝나자마자 정신없이 숲 속으로 들어갔던 일. 발아래에서 느닷없이 얼음이 갈라졌던 일. 그리고 그 목소리.

'꿈이 아니었어. 제이슨 말이 맞았어. 솔로몬은 진짜야.'

솔로몬을 찾으러 다시 숲으로 가자고 외치던 제이슨과 빌리의 생각에 사라는 움찔했다. 혼란스러운 기분이었다. 제이슨이

나 다른 사람에게 절대 이야기하지 않을 거야. 솔로몬 이야기는 비밀로 해야 돼. 절대로.

수업 시간 내내 사라의 머릿속은 반짝이는 숲과 거대하고 신비한 새에게 온통 집중되어 있었다. 선생님의 말에 집중해 보려고 했지만 도저히 그럴 수가 없었다. 평소와 다를 바 없이 말이다. 정말 솔로몬이 나에게 말을 걸었을까? 어쩌면 쓰러질 때 정신이 멍해져서 그런 환청이 들렸는지도 몰라. 잠시 정신을 잃고 꿈을 꾸었을 수도 있지. 아니, 그렇지 않다면 정말로 그런 일이 일어난 걸까?

온몸이 근질거렸다. 빨리 숲에 가서 솔로몬에 대해 확인하고 싶은 마음뿐이었다.

마지막 종이 울렸다. 사물함 안에 책을 넣은 사라는 그 위에 가방을 올렸다. 이틀 동안이나 책을 집에 가져가지 않은 셈이다.

책을 한 아름 안고 다니면 활동적인 반 친구들과 어느 정도 거리를 둘 수 있었다. 한 무더기의 책은, 마치 방패처럼, 장난기 많고 놀기 좋아하는 침입자를 물리쳐주곤 했던 것이다. 하지만 오늘만큼은 책도 책가방도 필요 없다. 빨리 달리는 데 방해만 될

뿐이다. 총알처럼 정문으로 달려 나간 사라는 곧장 새커의 오솔
길로 향했다.

포장된 길을 지나 새커의 오솔길로 들어섰을 때, 아주 커다란
올빼미가 울타리 위에 버젓이 앉아 있는 모습이 보였다. 마치 사
라를 기다리고 있는 것처럼 말이다. 솔로몬을 이렇게 쉽게 발견
하다니. 저번에는 손에 잡히지 않는 신비한 이 새를 찾으려고 몇
시간을 헤매야 했던가.

솔로몬을 어떻게 대해야 좋을지, 사라는 잠시 고민했다. 어떻
게 해야 하지? 커다란 올빼미에게 다가가서 '안녕, 새야'라고 말
하는 건 너무 이상해 보일 텐데.

그러자 커다란 올빼미가 먼저 사라에게 말했다.

"안녕, 사라."

사라는 깜짝 놀라 한 걸음 물러섰다. 솔로몬이 부드럽게 웃었
다.

"놀라게 할 생각은 없었어, 사라. 괜찮니?"

"괜, 괜찮아. 한 번도 올빼미랑 이야기해 본 적이 없어서 조금
당황했을 뿐이야."

"저런, 그렇구나. 나에게는 올빼미 친구가 아주 많은데."

사라가 웃었다.

"솔로몬, 너 참 재미있구나."

"솔로몬? 음…… 아주 좋은 이름인데, 맘에 들어."

당황한 사라의 얼굴이 빨개졌다. 그제야 서로 소개를 하지 않았다는 사실을 깨달았다. 실은 솔로몬이란 이름은, 제이슨이 말했듯, 빌리 아빠가 멋대로 만들어 붙인 것이었다.

"참, 미안해. 네 이름을 물어봤어야 했는데."

"상관없어. 사실 이름에 대해서는 생각해 본 적도 없거든."

"한 번도 생각 안 해 봤다고? 이름이 없다는 얘기야?"

"응, 없어."

사라는 이해할 수 없다는 표정을 지었다.

"어떻게 이름이 없을 수가 있지?"

"사라, 표식을 사용해서 서로를 구별하는 이들은 사람뿐이야. 우리 같은 생물들은 상대가 누군지 보기만 해도 알 수 있다고. 그러니 표식은 전혀 중요하지 않아."

"정말이니?"

"응. 하지만 솔로몬이란 이름은 아주 멋진데. 너희들은 이름으로 서로를 부르는 데 익숙하니까 나도 이름을 사용하는 게 좋겠어. 그래, 아주 맘에 드는 이름이야. 솔로몬이라."

새 이름을 얻고 기뻐하는 솔로몬을 보자 사라는 마음이 놓였다. 솔로몬과의 대화는 매우 즐거웠다.

"솔로몬, 너에 대해 다른 사람에게도 말을 해야 할까?"

"아마도. 때가 되면."

"하지만 지금은 비밀로 해두는 편이 좋겠지?"

"맞아. 네가 어떻게 말하면 좋을지 생각해 낼 때까지 말이야."

"그래. 입술을 움직이지 않고 말하는 올빼미 친구가 하나 있어, 하고 말해 봐야 모두들 날 놀릴 테지."

"현명한 이 몸께서 친절하게도 틀린 점 하나를 가르쳐줘야겠군. 사라, 올빼미에게는 입술이 없어."

사라가 깔깔깔 웃었다. 정말 재미있는 새였다.

"솔로몬, 내 말이 그 말이야. 넌 지금 어떻게 말하고 있는 거지? 물론 입술이 있다고 해도 마찬가지겠지만."

"네가 듣는 건 내 목소리가 아니야, 사라. 너는 지금 내 생각을 듣고 있는 거야."

"생각을? 말도 안 돼."

"지금 들리는 게 내 목소리라고 느껴지겠지. 물론 듣고 있긴 하지만, 넌 지금 귀로 듣는 게 아냐. 보통 때와는 방법이 다르다고."

찬바람이 쌩 몰아쳤다. 사라는 목도리를 턱까지 올리고 털모자를 귀까지 덮어썼다.

"사라, 점점 어두워지고 있어. 우리 내일 다시 만나자. 내일 무슨 이야기를 할지 생각해 둬. 물론 오늘밤 꿈을 꿀 때도 날 볼 수 있을 거야. 네 눈은 아주 단단히 닫혀 있겠지만, 넌 꿈속에서 날 볼 수 있어. 눈 없이도 볼 수 있듯이 귀가 없어도 들을 수 있는 거야."

하지만 꿈과 현실은 다르잖아. 사라가 그렇게 말하려는 순간 솔로몬이 작별인사를 던졌다.

"잘 가, 사라. 참 멋진 날 아니니?"

그렇게 말한 솔로몬은 강인한 날개를 퍼덕이며 공중으로 날아올랐다. 숲과 울타리 그리고 그의 자그마한 친구를 아래에 남겨두고 하늘 높은 곳으로.

'솔로몬, 넌 정말 엄청나게 커.'

사라는 생각했다. 그러자 제이슨의 말도 떠올랐다.

'그 새는 엄청나게 커, 누나. 누나도 꼭 가서 봐야 해!'

눈을 밟으며 집으로 가면서 사라는 남동생 제이슨에 대해 다시 생각했다. 제이슨은 잔뜩 흥분해 있었고, 거의 뛰다시피 걸었기 때문에 사라는 제이슨을 뒤따르기도 힘들었다.

'이상한 일이야. 거대한 새를 그렇게도 보고 싶어 했던 애가 요즘은 단 한 마디도 안 하잖아.'

제이슨과 빌리가 매일같이 솔로몬을 찾으러 다니지 않는다는 것은, 어떻게 보면 놀라운 일이었다. 그들은, 새 이야기는 전부 잊어버린 것 같았다.

'그래, 내일 제이슨에 대해서 솔로몬에게 물어봐야지.'

'솔로몬에게 물어봐야지.' 그 말은 사라의 새로운 입버릇이 되었다. 작은 공책을 주머니에 넣고 다니다가 솔로몬과 이야기하고 싶은 내용이 떠오르면 즉시 꺼내어 적을 정도였다. 그럼에도 항상 시간이 부족했다. 솔로몬과 하고 싶은 이야기를 다 하는 경우는 없었다.

학교 수업이 끝난 후에는 집에 가서 엄마가 돌아오기 전까지 자질구레한 집안일을 마쳐야 했다. 솔로몬을 만나는 시간은 30분이 채 되지 않았다.

"이건 불공평해. 하루 종일 재미없는 선생님과 지내야 하고, 솔로몬처럼 똑똑한 선생님은 아홉 명 중에 한 명 있을까 말까 한데다가, 고작 30분밖에 같이 있을 수 없다니. ……가만 있자, 선생님? 그래. 나에게는 올빼미 선생님이 있다구!"

사라는 크게 웃음을 터뜨렸다. 그리고 버릇처럼 중얼거렸다.

"내일 솔로몬에게 물어봐야지."

6

생각으로 하는 대화

　

"솔로몬, 넌 선생님이니?"

"그럼, 사라."

"하지만 넌 '진짜' 선생님처럼 말하지 않아. 아니, '다른' 선생님처럼 말이야. 넌 항상 내가 재미있어 하는 이야기만 하잖아. 항상 신나는 이야기만."

"사라, 나는 네가 이야기하고 싶어 하는 주제에 대해서만 말해. 네가 뭔가를 물어볼 때만 가치 있는 정보를 준다고. 물어보지도 않았는데 답을 들려줘 봤자 시간 낭비거든. 학생도 선생님도 모두 지겨워지지."

그 말을 곰곰이 되새기던 사라는, 실제로 자기가 뭔가 묻지 않으면 솔로몬 또한 거의 이야기하지 않았다는 것을 깨달았다.

"솔로몬, 하지만 내가 묻지도 않았는데 네가 말을 붙인 적이 있잖아."

"내가 뭐라고 대답했는데, 사라?"

"물에 빠져도 절대 죽지 않는다는 사실을 잊어버렸니, 하고 저번에 말했잖아. 맨 처음 나한테 한 말 말이야. 그때 나는 한 마디도 하지 않았어. 그냥 얼음 위에 가만히 누워 있었다고."

"아, 그건 입술을 움직이지 않고 말하는 생명체가 나 말고도 또 있다는 소리 같은데."

"그게 무슨 말이야?"

"사라, 그때 너는 말은 안 했지만 질문을 했어."

"그렇게 이상한 소리는 처음 들어, 솔로몬. 말하지 않고 어떻게 질문을 할 수 있어?"

"많은 생명체들이 생각으로 서로 대화를 해. 사실 말보다는 생각으로 대화하는 경우가 더 많지. 사람들만 말을 사용해. 하지만 사람들도 말보다는 생각으로 대화할 때가 많아. 한번 생각해 봐. 너도 잘 알겠지만, 사라. 난 아아아아아주 현명하고 늙은 선생님이야. 오오오오오오래전에 질문도 하지 않는 학생에게 대답해 줘봤자 시간만 낭비할 뿐이란 사실을 배웠지."

사라는 '아주'와 '오래'라는 말을 길게 늘여서 강조하는 솔로몬의 케케묵은 장난에 웃음을 터뜨렸다. '괴짜 같은 이 새가 정말 좋아.' 사라가 생각했다. 그러자 솔로몬은 말했다.

"나도 네가 좋아, 사라."

솔로몬이 자기 생각을 읽을 수 있다는 사실을 깜빡했던 사라는, 갑작스런 대답에 얼굴이 빨개졌다.

그때 솔로몬은 말없이 하늘 높이 날아올라 보이지 않는 곳으로 사라졌다.

7

솔로몬과 하늘을 날다

"나도 너처럼 날고 싶어, 솔로몬."

"왜 날고 싶은데?"

"매일 매일 땅을 걸어 다니는 거, 이젠 지겨워. 너무 느려. 어디로 가기 위해 걷는 데에만 평생을 보내는 것 같아. 볼거리도 별로 없고. 또, 그래! 땅 위에 있는 것들은 전부 시시해."

"사라, 내 질문에는 답하지 않았잖아."

"지금 말하고 있잖아. 그러니까 내가 날고 싶은 이유는……."

"지겨운 땅 위에서 걸어 다니고 싶지 않아서? 나도 들었어. 사라, 하지만 왜 날고 싶은지는 말하지 않았잖아. 날지 못하는 게 싫은 이유만 말했지."

"둘 다 같은 말 아냐?"

"아니, 아주 달라. 다시 한 번 대답해 봐."

사라가 다시 천천히 말했다.

"좋아, 나는, 땅 위에서 걸어 다니면 재미없고, 시간이 너무 많이 걸리기 때문에, 그래서 날고 싶어."

"사라, 하기 싫은 일과 그 일을 왜 하기 싫은지에 대해 이야기한다는 사실을 아직도 모르겠어? 다시 해봐."

"알았어. 나는 날고 싶어. 왜냐하면…… 몰라. 모르겠어. 솔로몬, 내가 어떻게 말하길 원하는 거야?"

"네가 하고 싶은 일에 대해 이야기해 봐, 사라."

"난 날고 싶어!"

솔로몬은 왜 내 마음을 이해하지 못한담. 화가 난 사라는 소리를 질렀다.

"사라, 마음을 가라앉히고 네가 날고 싶은 이유를 말해 봐. 하늘을 날아다니면 기분이 어떨까? 사라, 진짜 나는 듯한 기분을 느껴봐. 날면 어떤 느낌이 들지 나에게 설명하는 거야. 땅 위에서 걸어 다니는 기분이 어떤지, 날지 못하는 기분이 어떤지에 대해서는 듣고 싶지 않아. 날아다니는 기분이 어떨지에 대해서 듣고 싶어."

그제야 솔로몬의 말뜻을 조금 알 것 같았다.

"날면…… 음, 매우 자유로운 느낌이 들 거야. 마치 물에 떠 있는 것 같겠지. 게다가 아주 빨리 움직일 수 있어."

"날아다니면 무엇을 볼 수 있을 것 같아?"

"마을 전체를 내려다볼 수 있어. 중앙로와 움직이는 차들, 그리고 걸어 다니는 사람들이 보여. 강도 볼 수 있고 학교도 보일 거야."

"날아다니는 기분은 어때? 어떤 느낌이 들지 말해 봐."

사라는 눈을 감았다. 마을 위로 높이 날아가는 상상을 실감나게 하기 위해서였다.

"엄청 재미있어. 솔로몬! 나는 건 정말 재미있어. 난 바람처럼 빠르게 하늘 높이 올라갈 수 있어. 굉장히 자유로워. 그리고 기분이 아주 좋아, 솔로몬!"

사라는 상상의 세계에 조금씩 빠져들었다. 그때 갑자기 어떤 힘이, 매일같이 울타리 위로 날아오르는 솔로몬의 날개를 볼 때마다 느꼈던 그 힘이 느껴졌다.

깜짝 놀란 사라는 숨을 들이쉬었다. 잠깐 동안 자신의 몸이 4천 킬로그램은 되는 듯 무겁게 느껴지더니, 곧이어 깃털처럼 가벼워졌다. 그 순간 사라는 하늘 높이 날아올랐다.

"솔로몬, 나 좀 봐. 내가 날고 있어!"

사라가 환호성을 질렀다.

솔로몬은 사라 바로 옆에서 날고 있었다. 둘은 사라의 마을 위로 높이 솟아올랐다. 사라가 태어나 구석구석까지 다 걸어가 본 마을이었다. 사라는 지금 그 마을을 꿈에서도 상상하지 못했던 위치에서 굽어보았다.

"아! 솔로몬, 굉장해! 최고야."

솔로몬은 기뻐하는 사라를 바라보며 미소 지었다.

"네가 가고 싶은 곳은 어디든 갈 수 있어."

"정말? 야호!"

사라는 조용하고 자그마한 마을을 내려다보며 계속 소리쳤다.

예전에 딱 한 번, 공중에서 마을을 내려다본 적이 있긴 했다.

가족들과 함께 삼촌의 작은 비행기를 탔던 날이었다. 하지만 이처럼 아름다운 광경은 보지 못했다. 비행기의 창문이 너무 높았고, 바깥 경치를 더 자세히 보려고 일어서서 창 가까이 얼굴을 대려 할 때마다 아빠가 얌전히 앉아 있으라고 야단쳤기 때문이었다. 그래서 하늘을 날아도 그렇게 재미있지 않았다.

하지만 이번에는 매우 달랐다. 마을 전체가 한눈에 들어왔다. 모든 거리와 건물, 중앙로를 따라 늘어선 작은 가게들이 보였다. 호야트 아저씨의 잡화점, 피트 아저씨의 약국 그리고 우체국. 마을을 가로지르며 굽이쳐 흐르는 아름다운 강도 보였다. 차 몇 대가 이리저리 움직였고 한 무리의 사람들이 왔다 갔다 했다.

"솔로몬, 이렇게 멋진 모습은 처음이야. 우리, 학교로 가보자. 내가 다니는 학교를 보여주고 싶⋯⋯."

학교를 향해 쏜살같이 날아가는 바람에 사라의 목소리가 흩어졌다.

"여기서 보니까 학교가 아주 달라 보여!"

엄청 큰 학교의 모습에 사라는 다시 놀랐다. 지붕은 끝도 없이 길었다.

"좀더 가까이 가서 볼 수 있을까?"

"네가 가고 싶은 곳이면 어디든지 갈 수 있어."

"와아!"

다시 한 번 환호성을 지르며 사라는 운동장을 향해 급강하했다. 그러다 교실 창문 앞에 다다른 순간 속도를 늦췄다.

"대단해! 여기 좀 봐, 솔로몬. 내 책상이 저기 있어. 저 사람은 요르겐센 선생님이야."

땅바닥에 곤두박질을 칠 정도로 급강하했던 사라와 솔로몬은 다시 구름에 닿을 정도로 높이 치솟아 올랐다. 그리고 마을의 다른 곳을 날아다녔다.

"저기 봐, 솔로몬 제이슨과 빌리야."

사라는 동생을 향해 보란 듯 소리쳤다.

"제이슨, 나 좀 봐. 내가 날고 있어!"

그러나 제이슨은 듣지 못했다. 사라는 더 큰 소리를 냈다.

"제이슨! 나 좀 보라니까! 내가 날고 있어!"

"제이슨은 네 목소리를 듣지 못해, 사라."

"왜 못 듣지? 난 제이슨의 목소리를 들을 수 있는데."

"제이슨은 아직 일러, 사라. 그는 아직 질문을 안 했어. 하지만 곧 질문을 할 거야. 때가 되면."

그제야 사라는 제이슨과 빌리에 대해 떠올렸다. 그래, 그들은 아직 솔로몬을 찾아내지 못했지.

"저 애들은 널 볼 수 없어. 그렇지, 솔로몬?"

생각이 거기까지 미치자 사라는 기분이 더욱 좋아졌다. 다행이지 뭐야. 제이슨과 빌리가 솔로몬을 알게 되면, 마치 가방 속의 불쌍한 생쥐처럼 솔로몬을 못살게 굴 테니까. 아, 이보다 더 멋진 시간은 없을 거야. 사라는 하늘 높이 치솟아 올라갔다. 너무 높이 올라갔는지 중앙로를 지나다니는 차들이 작은 개미 같아 보였다. 그러다 급강하를 했다. 땅에 닿을 정도로 빠르게 날아 내려갔다. 놀랍도록 빠른 비행 속도에 절로 비명이 흘러나왔다. 강물에 얼굴이 닿을 정도로 낮게 날기도 했다. 달콤하고 촉촉한 강 공기가 느껴졌다. 강에서 나와서는 중앙로 다리 밑으로 들어가 반대편으로 붕 하고 빠져나왔다. 솔로몬은 사라와 완벽한 보조를 맞춰 날았다. 그런 비행을 수백 번이나 연습해 본 듯이.

몇 시간은 날아다닌 듯했다.

사라를 붕 띄워주었던 강력한 힘이, 사라를 몸속으로 다시 돌려 보냈다.

사라는 이제 땅 위에 발을 딛고 서 있다.

흥분한 사라는 숨을 제대로 쉴 수 없었다. 지금까지 생각지도 못했던 경험이었다.

"솔로몬, 굉장했어!"

사라가 소리쳤다. 몇 시간 동안 하늘을 날아다닌 느낌이 들었다.

"지금 몇 시야?"

너무 늦게까지 논 것 아닌가 싶어, 사라는 얼른 시계를 보았다. 그런데 이상했다. 시간은 몇 초밖에 지나지 않았다.

"솔로몬, 넌 참 이상한 세계에 살고 있구나. 정해진 대로 흘러가는 일이 없어."

"왜 그런 말을 해, 사라?"

"마을 전체를 그렇게 오래 날아다녔는데 시간이 거의 흐르지 않았다구. 이상하지 않니? 게다가 나는 너를 볼 수도 있고 얘기할 수도 있는데, 제이슨과 빌리는 그럴 수가 없잖아. 정말 이상해."

"그 애들도 얼마든지 날 볼 수 있어. 진심으로 원한다면 말야. 반대로 내가 진정으로 원하면, 그 애들의 마음을 움직일 수가 있지."

"그게 무슨 말이야?"

"애들이 왜 그토록 날 보고 싶어 했다고 생각해? 내가 원했기 때문이야. 결국 잔뜩 흥분한 그들한테 이끌려 네가 이 숲에 오게 됐잖아. 그 애들은 사라 너와 나를 만나게 해준 중요한 연결 고리였어."

"그런가?"

하지만 사라는, 차라리 남동생을 골칫덩이로 생각하는 쪽이 편했다. 제이슨이 나에게 즐거움을 가져다준 중요한 사람이라고? 흥, 말도 안 돼.

"그래, 사라. 오늘은 뭘 배웠니?"

솔로몬이 미소 지었다.

"하늘을 나는 동안에는 시간이 흐르지 않는다는 거?"

사라는 솔로몬이 어떤 답을 듣고 싶어 하는지 알 수 없었다.

"아니면, 제이슨과 빌리는 아직 너무 어려서 날아다니는 나를 보거나 내 목소리를 들을 수 없다는 거 말야? 아니, 날아다닐 때엔 아무리 바람이 거세도 전혀 춥지 않다는 사실을 배웠던가?"

"전부 다 맞는 말이야, 사라. 그 이야기는 나중에 다시 하자."

"좋아."

"그보다 사라, 혹시 이런 거 생각 안 해 봤니? 네가 하기 싫은 일에 대해 말하면 하고 싶은 일을 할 수 없다는 사실 말야."

"글쎄?"

"반대로 말해 볼게. 네가 하고 싶은 일에 대해 말하거나, 또 하고 싶은 일을 하고 있다고 느낄 때, 어땠니, 즉시 그 일을 할 수 있었지? 하늘을 나는 일 말야."

사라는 가만히 기억을 더듬었다. 하지만 날기 전에 무슨 생각을 했고 어떤 기분이었는지는 잘 기억나지 않았다. 사라의 머릿속엔 지금 하늘을 날아다녔던 일에 대한 흥분으로 가득했다.

"가장 중요한 것은, 하고 싶은 일을 하고 있다는 느낌이야. 그러니까 사라, 이제 시간 나는 대로 내 말을 따라해 봐."

"날아다니는 연습을 하라고? 좋아!"

"그게 아냐, 사라. 정말로 하고 싶은 일이 있다면, 무엇을 하고 싶으며 왜 그 일을 하고 싶은지에 대해 생각해 보란 말이야. 바로 지금 그 일을 하는 중이라고 느낄 때까지 말야. 이게 바로 네가 배운 가장 중요한 교훈이야. 사라, 잊지 말고 꼭 내 말대로 해 봐."

그 말을 끝으로 솔로몬은 하늘 높이 날아올라 사라졌다.

솔로몬의 뒷모습을 보며 사라는 중얼거렸다. 내 생애 최고의 날이야! 오늘 난 나는 법을 배웠다고!

8

도널드의 빨간 필통

"야, 너 아직도 밤에 오줌 싸지?"

도널드를 놀리는 아이들 때문에 사라는 화가 났다. 나서서 그러지 말라고 참견할까 하다가 참기로 했다. 지네들은 뭐 그렇게 똑똑한 줄 아나? 매일 나쁜 짓만 하면서. 저 잘난 맛에 사는 놈들 같으니.

사라의 반 아이 두 명은 항상 붙어 다니며 전학 온 지 며칠밖에 안 된 도널드를 놀려댔다. 도널드의 가족은 사라가 사는 거리 맨 끝의 오래된 집에 얼마 전부터 세 들어 살고 있다. 그 집은 몇 달간 비어 있었는데, 사라의 엄마는 마침내 누군가 이사 온 것이

반가운 얼굴이었다. 짐을 싣고 털털거리며 다가오는 트럭을 맨 처음 봤을 때, 사라는 부서진 가구 몇 개가 도널드 가족이 가진 전부인지 궁금했다.

아는 사람 하나 없는 마을에 이사 와서 적응하기란 아주 어렵다. 심한 놀림을 받기 시작하면 더욱 견디기 힘들다. 복도 중간에 서서 린과 토미가 도널드를 괴롭히는 모습을 보고 있자 사라는 마음이 아파 눈물이 날 지경이었다.

어제, 반 친구들 앞에서 자기소개를 하라는 선생님의 말에 도널드는 그만 빨간색 플라스틱 필통을 꽉 쥐고 일어서고 말았다. 아이들은 일제히 웃음보를 터뜨렸었다. 물론 사라도 그 필통이 멋지다고는 생각지 않는다. 사실 그런 필통은 사라의 남동생 또래 아이들한테나 어울렸다. 그렇다고 해서 그렇게 사람을 비웃다니, 정말 잔인한 짓이었다.

그 사건이 도널드에게 결정적인 약점을 제공했다고 사라는 생각한다. 도널드가 그 장면에서 다른 식으로 행동했다면, 아마도 모든 상황이 달라졌으리라. 예를 들어 용감하게 서서 씩 웃으며 못돼 먹은 아이들이 뭐라던 신경 쓰지 않는다는 듯 행동했더라면 말이다. 하지만 현실은 그렇지 않았다. 몹시 당황한 도널드는 겁먹은 병아리처럼 입술을 깨물며 힘없이 의자에 앉았다. 선생님이 아이들을 꾸짖었지만 상황은 조금도 달라지지 않았다. 반 아이들은 요르겐센 선생님의 말에는 신경 쓰지 않았다. 하지만 도널드는 반 아이들의 반응에 신경을 곤두세우고 말았다.

어제 사라는 교실을 나가던 도널드가 빨간 필통을 쓰레기통에 버리는 모습을 봤다. 도널드가 사라진 후, 사라는 나이에 어울리지 않는 필통을 다시 꺼내서 가방 속에 집어넣었다.

토미와 린이 복도를 지나가고 있었다. 잠시 후, 그들이 쿵쿵거리며 계단을 내려가는 소리가 들렸다. 도널드는 사물함 앞에 서 있다. 사물함을 열면 기분 좋은 일이 생기지 않을까 기대하는 것 같기도 했고, 사물함 안으로 기어 들어가 이 세상에서 벗어나고 싶어하는 것 같기도 했다. 사라는 그런 도널드의 모습을 보자 마음이 아팠다. 어떻게 하면 좋을지 몰랐지만, 도널드의 기분이 좋아지도록 만들고 싶었다.

복도를 둘러보며 심술쟁이 두 명이 없는지 확인한 사라는 도널드에게 다가갔다. 그리고 가방에서 빨간색 필통을 꺼냈다.

"도널드, 어제 네가 이걸 떨어뜨렸더라."

사라가 상냥하게 말했다.

"아주 괜찮은 필통 같은데, 잘 간수해야겠어."

그러자 도널드는 날카롭게 쏘아붙였다.

"저리 치워. 나 그거 싫어!"

뜻밖의 태도에 충격을 받은 사라는 뒤로 물러서고 말았다. 도널드는 사라에게 소리쳤다.

"좋으면 너나 가져!"

필통을 머쓱하게 가방 속에 집어넣은 사라는 서둘러 학교를 떠나 집으로 향했다. 비참한 자신의 모습을 아무도 보지 못했기를 바라면서. 왜 쓸데없이 남의 일에 참견을 했을까? 괜히 나서서 기분만 나빠지다니.

9

감사하는 마음

"솔로몬, 사람들은 왜 나쁜 짓을 할까?"

"모든 사람들이 다 그러니? 난 그런 줄 몰랐는데, 사라."

"전부 그런 건 아냐. 하지만 나쁜 사람들이 아주 많아. 사람들이 왜 나쁜 행동을 하는지 도대체 모르겠어. 나쁜 행동을 하면, 난 기분이 아주 끔찍해지던데."

"넌 언제 나쁜 행동을 하니?"

"누가 먼저 날 괴롭힐 때. 왜냐하면 당한 만큼 갚아줘야 하니까."

"그러면 기분이 나아지니?"

사라는 자신 있게 말했다.

"응."

"사라, 어째서 기분이 나아지는데? 당한 만큼 갚아줘서? 그렇게 하면 상황이 변하거나 나쁜 일이 안 생겨?"

"아니, 그렇지는 않아."

"사라, 지금까지 이 세상을 살아오면서 복수를 하면 나쁜 일이 점점 더 많이 생기는 상황을 수도 없이 봤어. 그건 고통의 사슬에 얽히는 것과 같아. 다른 사람들도 상처를 받고 너도 상처를 입지. 그리고 너는 또다시 다른 사람에게 상처를 주게 돼. 그렇게 계속 꼬리에 꼬리를 물고 고통이 이어지는 거야."

"그렇다면 솔로몬, 끔찍한 고통의 사슬은 누가 맨 처음 만든 거야?"

"그건 중요하지 않아."

"그럼 뭐가 중요한데?"

"그건, 고통의 사슬이 나타났을 때 네가 어떻게 행동하느냐 하는 거지. 그런데 왜 그렇게 괴로워하니. 사라, 무엇 때문에 고통의 사슬에 얽히게 된 거야?"

전학 온 도널드가 등교 첫날 겪었던 일을 솔로몬에게 이야기하던 사라는 다시 마음이 아파 왔다. 도널드를 놀려대는 심술쟁이 두 명에 대해서 계속 이야기했다. 마지막으로 학교 복도에서 있었던 놀라운 사건에 대해서도 말했다. 그러자 그때 느꼈던 감정이 생생이 되살아나 사라를 집어삼켰다. 사라의 눈에 맺힌 눈물방울은 볼을 타고 목으로 또르르 굴러 떨어졌다. 솔로몬과 이야기하면 항상 행복했는데 지금은 코를 훌쩍거리며 울고 있다니. 사라는 흐르는 눈물을 소매 자락으로 거칠게 닦아냈다.

솔로몬은 조용히 듣고만 있었다. 사라는 커다란 눈으로 자기를 사랑스럽게 지켜보는 솔로몬의 시선을 느꼈다. 솔로몬은 사라의 마음속에서 뭔가를 끄집어내는 듯했다.

"이번 일로 내가 무엇을 싫어하는지 분명히 알겠어. 지금 같은 기분을 다시는 느끼고 싶지 않아. 특히 솔로몬 너와 이야기하고 있을 때는 더더욱 싫어."

"아주 잘했어. 방금 넌 의식적으로 고통의 사슬을 끊는 1단계 방법을 시도했어. 네가 무엇을 싫어하는지 알아낸 거야."

"뭘 잘했다는 거야? 난 여전히 기분이 나쁜데."

"그건 아직 1단계 방법밖에 쓰지 않았기 때문이야. 아직 세 가지 단계가 더 남아 있어."

"솔로몬, 다음 단계는 뭐야?"

"사라, 네가 하기 싫은 일은 어렵지 않게 알아낼 수 있어. 너도 그렇게 생각하지?"

"그래. 내가 하기 싫은 일은 항상 알 수 있어."

"네가 하기 싫은 일에 대해 생각하는지 어떻게 알 수 있지?"

"그냥 알 수 있어."

"사라, 넌 네 느낌으로 알 수 있는 거야. 하기 싫은 일에 대해서 생각하거나 말할 때, 너는 항상 나쁜 감정을 갖게 돼. 화가 나거나 실망하게 되고 어떤 때는 당황하거나 죄의식을 느끼지. 두려움을 느낄 때도 있고. 네가 하기 싫은 일을 생각하면 항상 기분이 나빠지는 거야."

사라는 평소 때보다 훨씬 기분이 나빴던 지난 며칠을 돌이켜 보았다.

"네 말이 맞아, 솔로몬. 지난주에 도널드를 괴롭히는 애들을 봤을 때 기분이 아주 나빴어. 솔로몬 너를 만나고 나서 정말 행복했는데 도널드를 놀리는 애들 때문에 무척 화가 났지. 내 느낌과 생각이 어떻게 연결돼 있는지 이제 알겠어."

"잘했어, 사라. 이제 2단계 방법을 배워보자. 네가 하기 싫은 일을 알아냈으니 하고 싶은 일은 훨씬 더 쉽게 알아낼 수 있겠지?"

"글쎄, 그건……."

솔로몬의 말을 확실하게 이해하지 못한 사라는 말꼬리를 흐렸다.

"몸이 아프면 뭐가 하고 싶어?"

사라가 쉽게 답했다.

"빨리 낫고 싶지."

"갖고 싶은 물건을 살 돈이 없을 때는 뭘 갖고 싶어?"

"돈을 많이 갖고 싶고."

"바로 그거야, 사라. 그게 바로 고통의 사슬을 끊는 2단계 방법이야. 1단계는 네가 하기 싫은 일을 알아내는 거였지. 2단계는, 바로 네가 하고 싶은 일을 결정하는 거야."

"아주 쉬운데."

사라는 점점 기분이 좋아졌다.

"3단계 방법이 가장 중요해, 사라. 많은 사람들이 3단계를 잊어버리지."

"3단계가 뭔데?"

"하고 싶은 일을 알아내자마자 실제로 그 일을 하고 있다고 느껴야 해. 왜 네가 그 일을 원하는지 이야기하고, 그 일을 하게 되면 어떨지 묘사하는 거야. 그 일에 대해 설명하고 진짜 그 일을 하는 것처럼 행동하거나 그 일을 했던 때를 떠올려 봐. 느낌이 올 때까지 네가 하고 싶은 일에 대해 생각하는 거야. 기분이 좋아질 때까지 네가 무엇을 하고 싶은지 너 자신에게 계속 얘기하는 거지."

상상의 날개를 한껏 펼치라는 솔로몬의 이야기를 들으면서도 사라는 자신의 귀를 믿을 수 없었다. 학교에서는 공상에 빠져 있으면 어김없이 혼이 났기 때문이다. 솔로몬은 학교 선생님들과는 정반대의 이야기를 했다. 하지만 사라는 솔로몬을 믿었다. 학교 선생님이 말해 준 방법은 효과가 없었으니까.

"어째서 3단계가 제일 중요해?"

"네 기분을 바꾸지 않으면 아무것도 바꿀 수 없기 때문이야. 다시 말해 넌 고통의 사슬에서 빠져나올 수 없어. 하지만 기분을 바꾸면 다른 사슬의 일부가 돼. 말하자면 솔로몬의 사슬에 얽히게 되지."

"솔로몬의 사슬이라고?"

"굳이 이름을 붙일 생각은 없어. 그 사슬을 느끼는 일이 더 중요해. 하지만 너만 좋다면 기쁨의 사슬이라고 불러도 돼. 행복의 사슬이나 기분 좋은 사슬이라고 해도 되고. 한마디로 자연의 사슬이야. 우리 모두가 진정 누구인지를 알려주는 사슬이지."

"그렇게 좋은 사슬이 있다면, 왜 사람들은 더 오랫동안 기분 좋게 지내지 못해?"

"맞아. 사람들은 진심으로 기분이 좋아지기를 바라지. 그리고 대부분 좋은 사람이 되고 싶어해. 그런데 안타깝게도 그게 가장 큰 문제야."

"말도 안 돼. 좋은 사람이 되고 싶어 하는데 뭐가 문제야?"

"생각해 봐, 사라. 사람들은 좋은 사람이 되고 싶어서 주변을 둘러봐. 주위 사람들이 살아가는 방식을 보고 무엇이 좋은지를 판단하고는, 그리고 자기들을 둘러싼 상황을 살핀다고. 말하자면 무엇이 좋고 나쁘다는 생각을 가진 뒤에 상황을 바라보는 거야."

"그게 나빠? 뭐가 나쁜지 난 잘 모르겠어, 솔로몬."

"지금까지 내가 지켜본 사람들은 상황을 보고, 좋은지 나쁜지를 가려냈어. 자신들의 감정에는 신경을 쓰지 않으면서 말야. 그게 가장 큰 잘못이야. 자신이 보고 있는 사물이 자기에게 어떤 영향을 미치는지 알아낼 생각은 하지 않고 나쁜 점을 찾아 없애려고만 하지. 그래야 좋은 사람이 될 수 있다고 생각하면서. 하지만 사라, 나쁜 점을 없애려고 하면 고통의 사슬에 얽히게 돼."

솔로몬은 천천히 입을 열었다.

"사람들은 자신의 기분을 파악하기보다는, 주변 상황을 분석하고 비교하는 데 더 많은 관심을 두고 있어. 그리고 그 상황 때문에 즉시 고통의 사슬에 얽히게 되는 거야. 사라, 지난 며칠간 네가 겪은 일들을 다시 떠올려 봐. 강한 감정을 느낀 적이 있었니? 이번 주에 기분이 나빴을 때 무슨 일이 있었지, 사라?"

"토미와 린이 도널드를 놀리는 모습을 봤을 때 기분이 아주 끔찍했어. 반 애들이 도널드를 비웃었을 때도 그랬고. 도널드가 나에게 소리를 질렀을 때는 말도 하기 싫을 정도로 기분이 나빴어. 난 단지 그 애를 도와주려고 했을 뿐인데."

"그럼 사라, 그 얘기를 한번 해보자. 기분이 나빴을 때 넌 무엇을 하고 있었니?"

"잘 모르겠어, 솔로몬. 난 아무것도 안 했어. 그냥 지켜본 것 같아."

"바로 그거야, 사라. 너는 상황을 지켜본 거야. 그런데 네가 지켜보기로 한 그 상황 때문에 고통의 사슬에 얽히게 됐지."

"하지만 솔로몬, 어떻게 나쁜 상황을 보지 않을 수가 있어? 그리고 그런 상황을 봤는데 어떻게 기분이 안 나쁠 수가 있냐고?"

"좋은 질문이야, 사라. 그 질문에 대한 답은 때가 되면 말해 줄게. 한 번에 전부를 이해할 수는 없으니까."

솔로몬은 따뜻한 시선으로 사라를 바라보았다.

"처음에는 내 말을 이해하기 힘들 거야. 너는 지금까지 상황을 보는 법만 배웠어. 무언가를 볼 때 변하는 네 감정에 집중하는 법을 배우지 못했다고. 그렇기 때문에 상황이 네 삶을 지배하고 있지. 그래서 좋은 것을 보면 기분이 좋아지고 나쁜 것을 보면 기분이 나빠지는 거야. 상황이 네 삶을 지배하기 시작하면 절망밖에 남지 않아. 많은 사람들이 고통의 사슬에 얽히게 되는 것도 다 그 때문이지."

"그럼, 어떻게 해야 고통의 사슬에서 빠져나올 수 있어? 어떻게 하면 고통의 사슬에 얽힌 다른 사람들을 도와줄 수 있지?"

"사라, 고통의 사슬에서 빠져나올 수 있는 방법은 아주 많아. 그중에서 효과가 가장 빠르고 내가 제일 좋아하는 방법은 감사하는 마음을 가지는 거야."

"감사하는 마음?"

"그래. 물건이나 사람에게 정신을 집중하고 기분이 좋아지는 생각을 하려고 노력해 봐. 그리고 네가 할 수 있는 만큼 그 물건이나 사람에게 고맙다는 마음을 전하는 거야. 바로 그게 기쁨의 사슬에 연결될 수 있는 가장 빠른 방법이지. 1단계가 뭔지 기억나니?"

"내가 하기 싫은 일을 알아내는 거야."

사라가 자랑스럽게 말했다. 사라는 솔로몬의 이야기를 완전히 이해한 것 같았다.

"그럼 2단계는?"

"내가 하고 싶은 일 알아내기."

"아주 잘했어, 사라. 마지막으로 3단계는 뭐였지?"

"어…… 잊어버렸어, 솔로몬."

"3단계는 네가 하고 싶은 일을 실제로 하고 있다고 느끼는 거야. 정말 그 일을 하고 있다는 느낌이 들 때까지 무엇을 하고 싶은지 말하는 거지."

"그런데 솔로몬, 4단계가 뭔지는 얘기 안 했잖아."

"4단계는 모든 단계 가운데서 가장 멋진 부분이야. 네가 하고 싶은 일을 하게 되는 단계지. 4단계는 네 소망을 행동으로 옮기는 단계야."

"행동에 옮기는?"

"자, 이제부터 이 네 가지 단계를 재미있게 연습해 보자. 전부 다 기억하려고 애쓰지 말고 그냥 감사하는 마음을 가지려고 노력해. 그게 가장 중요하니까. 이제 그만 가야겠다. 사라. 내일 다시 얘기하자."

감사하는 마음이라…… 감사할 만한 일을 찾아봐야겠는걸. 사라는 곰곰이 생각했다. 맨 처음 떠오른 사람은 남동생 제이슨이었다.

"세상에, 그건 너무 어려워!"

솔로몬의 숲을 빠져나가던 사라는 그렇게 중얼거렸다.

"좀더 쉬운 것부터 시작해!"

울타리에서 날아오르며 솔로몬이 외쳤다.

"알았어."

사라가 웃으며 말했다. 그리고 이런 생각을 했다. '솔로몬, 난 네가 정말 좋아.'

"나도 네가 좋아, 사라."

솔로몬의 모습은 보이지 않았지만, 사라는 그 목소리를 선명하게 들을 수 있었다.

10

가고 싶은 곳은 어디든 갈 수 있다니!

그래 쉬운 것부터 하자. 아주 쉽게 감사할 만한 일이 있을 거야.

사라는 옆집 개 브라우니가 눈 위를 뛰어다니는 모습을 보았다. 껑충껑충 뛰어오르다가 달리기도 하고 데굴데굴 구르기도 하면서 아주 행복하게 뛰어놀고 있었다.

'브라우니, 넌 정말 행복한 개구나! 행복한 네 모습을 볼 수 있어서 고마워.'

180미터쯤 떨어진 곳에서 브라우니를 쳐다보며 사라는 생각했다. 그때였다. 주인이 자기 이름을 부르기라도 한 듯 브라우니가 사라를 향해 달려왔다. 덩치가 크고 털이 북슬북슬한데다 지저분하기까지 한 브라우니는 꼬리를 바삐 흔들면서 사라 주변을 두 바퀴나 뻥뻥 돌았다. 그러고도 성에 차지 않는지 와락 달려들어 커다란 발을 사라의 어깨 위에 올렸다. 그 바람에 사라는 제설차가 쌓아둔 눈 더미 위에 털썩 주저앉고 말았다. 브라우니는 기회를 놓치지 않고 따뜻하고 축축한 혀로 사라의 얼굴을 핥았다. 웃음이 쉴새 없이 터져 나와 사라는 일어서기도 힘들었다.

"브라우니! 너, 나 좋아하지, 그렇지?"

그날 밤 침대에 누운 사라는 한 주 동안 일어났던 모든 일을 회상했다. 롤러코스터를 타고 정신없이 달려 내려가는 것 같군. 짧은 한 주 동안 기분이 굉장히 좋았던 적도 있었고 말도 못할 정도로 나빴던 적도 있었지. 솔로몬과 이야기할 때는 진짜 좋았어. 날아다니는 법을 배웠을 때도 재밌었고. 하지만 엄청 화가 났던 때도 있었지. 참 이상한 한 주였어.

"감사하는 마음을 가져봐."

솔로몬의 목소리가 들렸다. 자기 방에 있었지만 사라는 분명히 솔로몬의 목소리를 들은 것 같았다.

"아냐, 그럴 리 없어. 그냥 솔로몬이 한 이야기를 생각했을 뿐이야."

　중얼거린 사라는 옆으로 누워서 곰곰이 생각했다. 따뜻하고 멋진 이 침대에게도 감사해야 하겠지. 이불을 어깨 위로 끌어당긴 후 다시 생각에 잠겼다. 그래, 내 베개도 있지. 부드럽고 포근한 내 베개. 베개야, 정말 고마워. 팔로 베개를 끌어안고 얼굴을 파묻은 채 다시 생각했다. 엄마랑 아빠에게도 감사해야지. 그리고…… 제…… 그래, 제이슨에게도. 이상해. 감사하는 마음을 가져도 아무런 느낌이 없잖아. 너무 피곤해서 그런가? 내일 다시 해봐야겠다. 그런 생각을 하던 사라는 깊은 잠에 빠졌다.

　"와, 내가 또 날고 있어! 날고 했다고!"

　집 위로 높이 날아오르면서 사라가 외쳤다. 정확히 말해서 날아가는 건 아니었다. 그보다는 둥둥 떠다니는 것 같았다. 가고 싶은 곳은 어디든 갈 수 있다니!

　어디에 가고 싶은지 생각만 하면 어렵지 않게 하늘을 가로질러 그곳으로 갈 수 있다. 중간에 한 번씩 멈춰 선 사라는 전에 보지 못한 것들을 세심히 살펴보기도 하고 땅에 닿을 듯 가깝게 내려갔다가 하늘 높이 날아오르기도 했다. 높이! 높이! 더 높이!

몇 번을 오르락내리락하던 사라는 새로운 사실을 알게 됐다. 내려가고 싶을 때는 발가락 하나를 땅을 향해 뻗으면 되고 다시 올라가고 싶을 때는 위를 쳐다보면 된다!

"이제 어디로 가볼까?"

곰곰이 생각하던 사라는 작은 마을 위로 날아올랐다.

여기저기서 깜빡이던 불빛이 하나 둘 꺼지기 시작하자 집들이 하나 둘 어두운 밤 속으로 사라졌다. 눈이 조금씩 내렸다. 맨발에 플란넬 잠옷을 입고 떠 있는데도 더 없이 따뜻하고 편안했다. 전혀 춥지 않았다.

이제 거의 모든 집들이 어둠 속에 묻혔다. 몇 개 안 되는 마을의 가로등만이 빛을 밝히고 있다. 그런데 마을 저 끝, 어느 집에서 새어나오는 불빛이 보였다. 사라는 궁금한 생각이 들었다. 누가 아직까지 안 자는 거지? 아마 내일 아침 일찍 일어나지 않아도 되는 사람일 거야. 왼쪽 발가락을 아래로 뻗친 사라는 불 켜진 그 집을 향해 정확하고 빠르게 내려가기 시작했다.

사라는 작은 부엌 창문 앞에 내려섰다. 다행히 커튼이 쳐져 있지 않아서 안이 훤하게 들여다보였다. 거기, 종이가 사방에 흩어져 있는 부엌 탁자 앞에 요르겐센 선생님이 있었다. 요르겐센 선생님은 규칙적인 동작으로 종이를 하나 들어서 읽어보고 다시 다른 종이를 집어 들고 있었다. 뜻밖에 요르겐센 선생님을 보게 된 사라는 숨을 죽이고 말았다. 무슨 일인지 몰라도 선생님의 표정은 아주 진지했다.

선생님을 훔쳐보던 사라는 약간 죄송한 마음이 들었다.

'하지만 이건 부엌 창문이야. 침실이나 욕실이 아니잖아.'

요르겐센 선생님은 난데없이 미소를 지었다. 읽고 있는 내용이 무척 재미있다는 듯 말이다. 그러고는 펜으로 뭔가를 적었다. 그 종이는 오늘 오후에 사라의 반 아이들이 제출한 숙제였다.

선생님으로부터 숙제를 다시 돌려받을 때, 사라는 종이 뒤에 써놓은 글을 종종 발견하곤 했다. 하지만 선생님의 정성이 고맙다고 생각해 본 적은 한 번도 없었다. 감사는커녕 내 숙제가 마음에 안 드는 모양이라고 생각했던 때가 많았다.

마을 사람들이 모두 잠든 늦은 시각에 아이들이 낸 숙제를 읽고 몇 마디 글을 적는, 그런 일을 반복하는 선생님을 보자 사라는 기분이 이상했다. 지금까지 선생님에 대해 갖고 있던 부정적인 생각과 지금 보는 새로운 모습이 머릿속에서 충돌하고 있었다.

"야호!"

그렇게 소리치며 위를 바라보자 자그마한 사라의 몸은 선생님의 집 위로 붕 떠올랐다. 따뜻한 기운이 사라의 가슴에서 퍼져 나와 몸 전체를 감쌌다. 눈에는 눈물이 맺혔고 가슴은 행복에 겨워 팔딱거렸다. 사라는 하늘 높이 올라가 모두 잠든, 아니 대부분 잠든 아름다운 마을을 내려다봤다.

'요르겐센 선생님에게 감사하고 싶어.'

다시 한 번 선생님의 집 가까이로 내려가 본 사라는 자기 집으로 향했다. 밤하늘을 흘러가며 요르겐센 선생님의 부엌 창문을 뒤돌아 봤을 때, 창밖을 내다보는 선생님의 모습이 어렴풋이 보이는 듯했다.

11

놀랍도록 달라진 사라

$$\smile$$

"안녕하세요, 맷슨 아저씨."

중앙로 다리를 건너 학교로 가는데 누군가 큰 소리로 인사하는 소리가 들린다. 다름 아닌 사라의 목소리였다.

자동차 엔진을 들여다보던 맷슨 씨는 고개를 들었다. 중앙로에서 주유소를 차린 이후, 그는 매일 아침 어김없이 주유소 앞을 지나가는 사라를 지켜봐 왔다. 사라는 여태껏 한 번도 그에게 인사를 건넨 적이 없었다. 맷슨 씨는 어찌할 바를 모르는 채 어색하게 손을 들어 흔드는 둥 마는 둥 했다.

그날 아침, 사라를 아는 사람들 대부분은 다들 그렇게 놀랐다.

평상시 내성적이었던 사라가 놀랄 정도로 달라졌던 것이다. 보통 때 같으면 발끝만 노려보며 깊은 생각에 잠겨 있었을 텐데, 오늘은 산골 마을에 유달리 많은 관심을 보였다. 놀랍게도 사라는, 주변을 관찰하며 활동적으로 움직이는 소녀가 되어 있었다.

"감사해야 할 일이 정말 많아."

사라는 조그맣게 속삭였다.

"제설차가 거리의 눈을 깨끗이 치웠어. 아주 좋은 일이야. 제설차가 무척 고마워."

그때 버그먼 씨의 가게 앞에 사다리를 높이 갖다 댄 전기 공사 차량이 보였다. 사다리 꼭대기에 서 있는 한 남자는 전선 주위에서 작업을 했고 다른 남자는 아래에서 주의 깊게 지켜보고 있다. 사라는 그 아저씨들이 무거운 고드름 때문에 끊어진 전선 줄을 고치고 있다는 사실을 알아챘다.

"야, 좋은 일을 하고 있구나. 저 아저씨들 때문에 전기가 끊어지지 않고 들어오는 거야. 고마운 아저씨들!"

학교 마당을 걷고 있을 때 아이들을 가득 실은 학교 버스가 모퉁이를 돌아 나타났다. 창문이 부옇게 흐려 있어 아이들의 얼굴은 전혀 보이지 않았지만 버스가 어디로 가는지는 분명했다.
버스 기사아저씨는 동트기 전부터 마을 곳곳을 돌아다니며 잠
이 덜 깬 얼굴로 시무룩이 서 있는 아이들을 태웠다. 그리고 사
라의 학교에 일부를 내려놓고 나머지 절반은 중앙로 아래, 사라
가 예전에 다녔던 학교에 내려놓았다.

"버스 기사 아저씨도 좋은 일을 하고 있어. 정말 고마운 아저
씨야."

학교에 들어선 사라는 무거운 외투를 벗었다. 건물 내부는 아
주 따뜻하고 아늑했다.

"학교 건물도 고맙고, 학교 내부를 따뜻하게 해주는 난방 시
설도 무척 고마워. 난방 시설을 관리해 주는 아저씨도 고마운 분
이야."

관리인 아저씨가 몇 시간 동안 불을 피울 수 있도록 석탄 무
더기를 삽으로 퍼 넣거나 석탄이 타고 난 뒤 남은 커다란 붉은
색 덩어리를 제거하던 모습이 떠올랐다.

"우리를 따뜻하게 해주려고 열심히 일하는 관리인 아저씨도
정말 고마운 분이야."

사라는 기분이 굉장히 좋았다. 내가 진짜로 감사하고 있잖아? 이런 사실을 왜 더 빨리 알지 못했지?

"어휴, 우리 아기, 오늘 잘 놀았어?"

누군가를 놀리는, 귀에 거슬리는 목소리가 들렸다. 기분 나쁜 소리를 듣고 사라는 눈살을 찌푸렸다. 날아갈 듯 기분이 좋았는데, 누군가가 다른 사람을 괴롭히는 나쁜 모습을 보게 되다니. 속이 뒤집히는 것 같았다

안 돼. 도널드는 안 돼. 사라가 마음속으로 외쳤다. 하지만 심술쟁이 두 명이 또다시 도널드를 괴롭혔다.

그들은 도널드를 구석으로 몰아 세웠고 도널드는 몸을 웅크린 채 자기 사물함에 기대섰다. 린과 토미는 히죽거리는 얼굴을 도널드에게 들이댔다.

사라는 용기를 내어 외쳤다.

"야, 이 멍청이들아. 너희들 덩치에 맞는 애들 골라 놀려먹지 그러니?"

도널드가 그 아이들보다 더 컸기 때문에 상황에 맞는 말은 아니었다. 하지만 항상 붙어 다니는 심술쟁이 두 명은 자신감이 넘

쳤고 그들의 놀림감이 되는 아이들은 덩치에 상관없이 약해 보였다.

"이야! 도널드한테 여자친구가 생겼네? 도널드한테 여자친구가 생겼대요."

심술쟁이 두 명이 합창을 했다. 황당하고 화가 난 사라는 얼굴이 빨개졌다. 심술쟁이들은 빨개진 얼굴로 씩씩거리고 있는 사라를 복도에 내버려둔 채 낄낄거리며 사라졌다.

"자꾸 내 일에 끼어들지 마!"

마음이 상한 도널드는 금방이라도 흘러내릴 듯한 눈물을 감추려고 오히려 사라에게 화를 냈다.

'사라, 넌 왜 이 모양이니! 또 같은 실수를 했잖아. 도대체 뭘 배운 거야?'

사라가 스스로를 꾸짖었다.

'도널드, 어쨌든 고마워. 네 덕에 내가 바보라는 사실을 다시 한 번 깨달았어. 사라, 넌 멍청이야.'

12

세상에서 가장 무시무시한 덫

"안녕, 솔로몬."

사라는 울타리 기둥 위에 가방을 올려놓으며 힘없이 말했다.

"날씨가 정말 좋아. 사라, 참 멋진 날이지?"

"응."

눈부시게 내리쬐는 햇살에는 전혀 관심이 없는 듯 사라가 멍하니 대답했다. 그리고는 목에 맨 스카프를 풀어서 주머니에 집어넣었다.

"솔로몬, 정말 모르겠어."

사라가 말을 꺼내기 시작했다.

"뭘 모르겠다는 거야, 사라?"

"하루 종일 만나는 모든 사람들에게 감사한다고 해서 뭐가 달라지는지 모르겠어. 그렇게 하면 뭐가 좋아져?"

"무슨 이야기인지 자세히 말해 봐."

"오늘 나는 모두에게 감사했어. 그것도 아주 잘했다고. 한 주 내내 감사하는 마음을 가지려고 노력했단 말이야. 처음에는 좀 힘들었지만 점점 쉬워졌어. 그리고 오늘도 모든 것을 고맙게 생각했지. 그런데 학교에 갔을 때 토미와 린이 또 도널드를 괴롭히는 모습을 봤어."

"그래서 무슨 일이 있었지?"

"화가 났지. 너무 화가 나서 그 애들에게 소리를 쳤어. 난 단지 그 애들이 도널드를 내버려두고 떠나길 바랐을 뿐이야. 그러면 도널드의 기분이 나아질 거라고 생각했지. 맞아, 솔로몬. 내가 또 실수를 했어. 고통의 사슬에 얽히고 말았어. 네가 가르쳐줬는데도 하나도 배우지 못했나 봐. 여전히 그 애들이 싫어. 생각하기도 싫은 애들이야."

"왜 그 애들이 싫어?"

"완벽한 내 하루를 망쳐놨으니까. 하루 종일 감사하는 마음을 갖기로 결심했거든. 아침에 일어나서는 침대와 아침식사, 엄마, 아빠, 심지어 제이슨에까지 고맙다고 말했어. 학교 가는 길에도 감사할 만한 일을 아주 많이 발견했고. 그런데 그 애들이 다 망쳐놨어. 내 기분을 엉망으로 만들었다고."

"그랬구나."

"전과 달라진 게 하나도 없어. 감사하는 마음을 가져야 한다는 사실을 몰랐을 때와 똑같아."

"그런 애들을 보면 당연히 화가 나지, 사라. 하지만 그렇게 화를 내면 넌 무서운 덫에 걸리게 돼. 이 세상에서 가장 무시무시한 덫이지."

사라는 솔로몬의 이야기가 마음에 들지 않았다. 제이슨과 빌리가 집에서 만든 덫을 수없이 봤기 때문이었다. 그때마다 사라는 제이슨과 빌리가 재미 삼아 잡아놓은 작은 생쥐와 다람쥐를 풀어주었다. 누군가 자신을 덫에 잡아넣는다는 생각을 하자 소름이 끼쳤다.

"그게 무슨 말이야, 솔로몬? 덫이라니?"

"사라, 다른 누군가가 어떤 일을 하고 어떤 일을 하지 않는가에 따라 행복해지기도 하고 불행해지기도 한다면 넌 덫에 걸린거야. 다른 사람의 생각이나 행동을 통제할 수 없기 때문이지. 하지만 사라, 다른 사람이 무슨 일을 하든지 그에 상관없이 기쁨을 느낄 수 있다면, 넌 꿈속에서나 맛볼 수 있는 진정한 자유를 현실세계에서 누릴 수 있어. 네가 무엇에 관심을 가지냐에 따라 네 기분이 좋아지거나 나빠지는 거야."

조용히 듣고 있던 사라의 눈에서 눈물이 흘러내렸다.

"지금은 덫에 걸린 느낌이 들 거야. 네가 본 상황을 그 모습 그대로 받아들이지 않는 법을 모르기 때문이야. 기분 나쁜 광경을 봤을 때 넌 그 상황에 반응하게 돼. 그리고 상황이 좋아지면 기분이 나아질 거라고 생각하지. 하지만 상황을 통제할 수 없기 때문에 덫에 걸린 느낌이 드는 거야."

사라는 빨그레한 뺨에 흘러내린 눈물을 소매로 닦아냈다. 기분이 나빴다. 솔로몬의 말이 맞았다. 덫에 걸린 기분이었다. 어서 그 덫에서 빠져나오고 싶었다.

"사라, 계속해서 감사하는 마음을 가져. 그럼 기분이 나아질

거야. 한 번에 하나씩 문제를 풀어가자. 알겠지? 곧 내 말을 이해

할 수 있을 거야. 재미있게 지내고, 내일 다시 이야기하자. 잘 자,

사라."

13

끌림의 법칙

솔로몬의 말이 맞았다. 기분이 점점 좋아졌다.

그 후 몇 주 동안 생애 최고의 날이 계속됐다. 모든 일이 매우 순조롭게 흘러갔다.

학교에서의 시간도 어떻게 가는지 모를 지경이었다. 놀랍게도 학교가 좋아지기 시작했다. 물론 솔로몬과 지내는 시간이 여전히 가장 좋았다.

"솔로몬, 네가 이 숲에 있어서 정말 기뻐. 넌 제일 친한 내 친구야."

"나도 기뻐, 사라. 끼리끼리 어울린다는 말이 있잖아. 우린 서로 닮았어."

"맞아. 넌 새고 난 사람이지만, 닮긴 닮았지."

솔로몬의 아름다운 날개를 바라보며 사라가 웃었다. 사라는 스치고 지나가는 따뜻한 바람이 무척 고마웠다. '끼리끼리 어울린다.' 그건 엄마가 종종 하는 말이었다. 여태껏 사라는 그 말이 무엇인지 궁금해 하지 않았다. 자신이 새와 어울리게 되리라고는 생각지도 못했던 것이다.

"끼리끼리? 솔로몬, 무슨 말이야?"

"서로 닮은 생명체끼리 어울린다는 뜻에서 사람들은 그런 표현을 쓰지. 자신과 닮은 생명체에게 서로 끌린다는 거야."

"그러니까 개똥지빠귀는 개똥지빠귀끼리 모이고 까마귀는 까마귀끼리, 다람쥐는 다람쥐끼리 모이고…… 그런 말이야?"

"비슷하지. 닮은 모든 생명체는 끼리끼리 어울리게 돼 있어. 하지만 닮았다는 말이 항상 네가 생각하는 그런 뜻은 아냐. 눈으로 보이는 것만 닮았다고 할 수는 없다고."

"무슨 말인지 모르겠어, 솔로몬. 볼 수 없는데 닮았는지 다른지 어떻게 알아?"

"느낌으로 알 수 있지. 그건 연습이 필요해. 그리고 연습하기 전에 일단 네가 무엇을 찾고 있는지 알아야 돼. 많은 사람들이 무엇을 찾아야 할지 몰라서 어려움을 겪지. 대부분 기본적인 규칙을 모르기 때문이야."

"규칙이라고? 게임의 규칙 같은 거 말이야?"

"그렇다고 할 수 있지. 하지만 그보다 더 좋은 이름은 끌림의 법칙이야. 끌림의 법칙에 따라 만물은 자신과 닮은 생명체에게 끌리게 되지."

"이제 좀 알 것 같아."

사라가 환한 표정을 지었다.

"그거야, 사라. 이 광활한 우주 안에 존재하는 모든 사람과 모든 사물이 끌림의 법칙을 따르고 있다고."

"솔로몬, 더 자세히 말해 줘."

"내일 하루 동안 이 법칙을 눈여겨 봐. 눈과 귀를 활짝 열어 놓고 주위를 둘러보는 거야. 네 주변의 사물과 사람, 상황을 살펴보면서 어떤 기분이 드는지 느껴. 잊지 말고 내 말대로 해. 내일이 되면 끌림의 법칙에 대해서 더 많은 얘기를 할 수 있을 거야."

음, 끼리끼리 어울린단 말이지? 사라가 그런 생각을 할 때, 끼리끼리 모인 거위 떼가 초원 위로 날아올라 머리 위를 스쳐 지나갔다. 일정한 형태로 무리를 지어 하늘을 날아가는 거위 떼는 언제나 놀라웠다. 끼리끼리 어울린다는 생각을 하자마자 하늘을 가득 메우고 끼리끼리 날아가는 거위 떼가 나타나다니. 그럴듯한 우연에 사라는 웃음을 터뜨렸다. 끌림의 법칙이라!

14

전구 배열판 위의 빛

오래됐지만 여전히 새것처럼 반짝거리는 팩 할아버지의 뷰익 자동차가 천천히 지나갔다. 사라가 팩 할아버지와 할머니에게 손을 흔들자 그들도 미소를 지으며 손을 흔들었다. 이웃에 사는 이들 노부부에 대해 아빠가 했던 말이 떠올랐다.

"저 노인네들은 서로 닮았어."

그러자 엄마도 한 마디 거들었다.

"어떨 때는 똑같이 보인다니까요."

사라는 생각에 잠겼다. 음, 팩 할아버지와 할머니가 똑같아 보일 정도로 닮았다?

"그 노부부는 두 분 다 아주 깔끔해."

엄마는 그들을 처음 봤을 때부터 그 사실을 알아차렸다. 팩 할아버지의 차는 마을에서 제일 깨끗했다.

"무슨 세차를 매일 하나?"

아빠는 가끔씩 항상 더러운 자기 차에 비해 언제나 깨끗한 팩 할아버지의 차가 못마땅하다는 듯 퉁명스럽게 말했다. 팩 할아버지는 여름에 잔디밭과 정원을 항상 깔끔하게 정리했다. 나무도 아주 완벽하게 가꾸었다. 팩 할머니도 할아버지 못지않게 깔끔했다. 기회가 많지는 않았지만, 엄마 심부름 때문에 팩 할아버지의 집에 들어서는 때가 있었다. 언제나 단정하고 깨끗한데다 어지럽게 널린 물건이 하나도 없는 팩 할아버지의 집은 참으로 인상적이었다. 그래, 끌림의 법칙이야. 사라가 자신 있게 결론을 내렸다.

사라의 남동생 제이슨과 못 말리는 그의 친구 빌리가 자전거를 타고 빠른 속도로 사라를 지나쳐 갔다. 둘 다 부딪칠 정도로 가까이 사라를 스쳐 갔다.

"누나, 앞 좀 잘 보고 다녀."

제이슨이 소리쳤다. 그들이 길을 따라 달려가면서 웃는 소리가 들렸다.

"말썽쟁이들! 둘 다 똑같아. 매일 재미 삼아 말썽을 피운다니까."

툴툴대던 사라는 그 자리에서 죽은 듯이 멈췄다.

"끼리끼리 어울린다! 맞아. 저 애들은 서로 닮았어. 끌림의 법칙이야."

사라의 표정이 밝아졌다. 솔로몬의 말이 기억났다.

'우주에 존재하는 모든 사람들과 모든 사물은 끌림의 법칙을 따르고 있어.'

다음 날, 사라는 끌림의 법칙에 영향을 받는 사람과 사물을 되도록 많이 찾아보기로 했다. 결론을 말하자면, 사방에 있었다! 마을을 어슬렁거리는 어른, 아이, 청소년 할 것 없이 모두 말이다.

사라는 마을 중심부에 있지만 학교 가는 길에서는 약간 떨어진 호야트 아저씨의 잡화점 앞에 멈췄다. 새 지우개 하나와 점심 먹은 후에 먹을 막대 사탕을 하나 살 생각이었다.

가게 안에 들어갈 때는 항상 기분이 좋다. 잡화점에는 가게를 찾아온 손님들과 장난치기를 좋아하는 활기찬 점원 아저씨 세 명이 있었다. 마을에서 하나뿐인 잡화점이었기 때문에 언제나 북적거렸다. 손님들이 길게 줄 서 있을 때도 점원 아저씨들은 농담을 걸면서 마음이 맞는 사람들과 시시덕거렸다.

"잘 지내니, 꼬마야?"

셋 중에서 키가 제일 큰 아저씨가 사라에게 물었다. 반갑게 말을 건네는 아저씨 때문에 사라는 약간 놀랐다. 지금까지 그들은 사라에게 농담을 걸지 않았고, 사라도 그게 좋았다. 그런데 오늘은 사라를 놀려먹기로 작정한 듯했다.

"네, 잘 지냈어요."

사라가 용감하게 대답했다.

"딩동댕! 정답입니다! 뭘 먼저 먹을 거니? 막대 사탕, 아니면 지우개?"

"막대 사탕을 먼저 먹고 지우개는 후식으로 남겨둘 생각이에요!"

사라가 씩 웃으며 대답했다. 호야트 아저씨가 큰 소리로 웃었다. 사라의 재치 있는 농담이 그를 놀라게 했다. 물론 사라 자신도 무척 놀랐다.

"오늘 하루 잘 보내라, 꼬마야! 재미있게 보내."

거리를 걷는 사라의 기분이 아주 상쾌했다. 끼리끼리 어울린다! 끌림의 법칙! 어디에 가든 찾을 수 있어!

아름다운 날이었다. 이상할 정도로 따뜻한 겨울날. 사라는 몸을 뒤로 젖히고 밝고 푸른 하늘을 올려다보며 감사했다. 꽁꽁 얼어붙어 있던 거리와 보도는 촉촉이 젖어 반짝였고 가느다란 물줄기가 졸졸 흘러 사라가 지나가는 길 위 여기저기에 작은 웅덩이를 만들었다.

"부릉부릉!"

제이슨과 빌리가 쌩 하고 사라를 지나쳐가며 합창했다. 자전거를 타고 너무 빨리 너무 가까이 스쳐 지나가는 바람에 사라와 부딪칠 뻔했다. 더러운 흙탕물이 사라의 종아리에 튀었다.

"야, 이 괴물들아!"

화가 치밀어 오른 사라는 흙탕물을 뚝뚝 떨어뜨리며 소리쳤다.

"이건 말도 안 돼. 솔로몬에게 이 일에 대해서 물어봐야겠어."

젖은 옷은 말랐고 굳어버린 진흙은 대부분 떨어져 나갔다. 하지만 사라는 여전히 화가 풀리지 않았고 혼란스러웠다. 전과 다름없이 제이슨을 볼 때마다 신경질이 났다. 솔로몬에게도 화가 났다. 끌림의 법칙과 끼리끼리 어울리는 심술궂은 사람들도 싫었다. 아니, 모든 사람들에게 화가 났다.

솔로몬은 언제나 그렇듯 울타리 기둥 위에 앉아 느긋하게 사라를 기다리고 있었다.

"오늘은 특별히 신나는 일이 많았던 것 같구나. 사라, 하고 싶은 이야기 있니?"

"솔로몬! 끌림의 법칙은 뭔가 잘못됐어!"

사라가 소리를 버럭 질렀다. 그러면서, 솔로몬이 아니라고 말해주기를 내심 바랐다.

"계속 말해 봐, 사라."

"끌림의 법칙은 자신과 닮은 생명체에게 끌리는 거라고 했지? 제이슨과 빌리는 둘 다 제멋대로야, 솔로몬. 그 애들은 하루 종일 다른 사람들의 기분을 상하게 하는 방법만 연구한다고."

110

"계속 이야기해, 사라."

"솔로몬, 난 말썽을 피우지 않아. 사람들한테 흙탕물을 튀기거나 자전거를 타고 다른 사람을 치려고 하지도 않는다고. 작은 동물을 덫으로 잡거나 죽이지도 않고 타이어에 구멍을 내지도 않아. 그런데 어떻게 제이슨과 빌리가 나와 어울릴 수가 있지? 그 애들과 난 닮지 않았어, 솔로몬. 난 다르다고!"

"제이슨과 빌리가 항상 말썽만 피운다고 생각해, 사라?"

"물론이지, 솔로몬. 너도 잘 알잖아!"

"좀 짓궂긴 하지. 그건 나도 인정해."

솔로몬이 미소를 지었다.

"하지만 그 애들도 우주에 존재하는 모든 사람들 그리고 모든 사물과 똑같아. 그 애들한테도 좋은 면과 나쁜 면이 있어. 네 동생이 뭔가 괜찮은 일을 한 적은 없어?"

"아마 없을 거야. ……거의 없어."

사라가 웅얼거렸다.

"뭐 한두 번 좋은 일을 한 적이 있을지도 모르지. 하지만 솔로몬, 그래도 모르겠어. 왜 그 애들은 날 귀찮게 할까? 난 그 애들을 귀찮게 하지 않는데 말이야!"

"사라, 그런 일은 항상 일어나. 매 순간 너는 네가 원하는 상황을, 혹은 네가 원하지 않는 상황을 선택할 수 있어. 어느 쪽을 선택하든 넌 그에 맞는 정신적인 전파를 내보내게 돼. 그러면 넌 얼마 안 있어 네가 본 상황에 동화되고 말지. 내 말 알겠어?"

"제멋대로인 사람을 보면 나도 제멋대로 변한다는 거야?"

"음…… 정확히 그런 뜻은 아냐. 하지만 넌 내 말을 이해하기 시작했어. 자, 침대 크기의 전구 배열판이 있다고 상상해 봐."

"전구 배열판?"

"그래, 사라. 수천 개의 꼬마전구가 놓여 있는 판 말이야. 크리스마스트리에 달린 것과 비슷한 전구들이 판 위에 나란히 튀어나와 있지. 마치 전구의 바다처럼 보여. 그 수천 개의 전구 가운데 하나가 너라고 생각하자. 네가 무언가에 관심을 가지고 집중하면 넌 판 위에서 빛을 내게 돼. 그럼 바로 그 순간 판 위에 있는 모든 전구가 빛을 발하기 시작하는 거야."

솔로몬은 다정하게 말을 이었다.

"네가 내보낸 전파의 영향을 받은 전구들은 하나 둘씩 너와 조화를 이루게 되지. 널 따라 빛을 내는 전구들은 네 세계에 반응하는 거야. 바로 그 전구들이, 네가 내보내는 전파의 영향을 받은 사람들 또는 사물이야. 생각해 봐, 사라. 네가 알고 있는 모든 사람들 가운데 네 동생 제이슨이 제일 많이 괴롭히는 사람이 누구야?"

사라는 머뭇거리지 않고 대답했다.

"바로 나야. 솔로몬."

"네가 아는 사람들 가운데 제이슨의 장난을 가장 성가셔 하는 사람이 누구라고 생각해? 전파를 내보내 짓궂은 그 애들과 조화를 이루며 그 애들의 전구 배열판을 밝혀주는 이가 누구지, 사라?"

그제야 솔로몬의 말을 이해한 사라는 고개를 끄덕였다.

"나야, 솔로몬. 그 애들을 가장 성가시게 생각하는 건 바로 나야. 제이슨을 보면서 화를 낼 때, 나는 전구 배열판 위에서 빛을 내게 돼."

"그거야, 사라. 네가 원하지 않는 상황을 보거나 알아챘을 때, 그래서 그 상황에 대해 나쁜 반응을 보일 때, 넌 그 전구 배열판 위에서 빛을 발하기 마련이야. 그러면 다른 많은 전구도 빛을 내기 시작하지."

솔로몬은 부드러운 눈길로 사라를 바라보았다.

"제이슨이 주위에 없지만 그와 어울리는 전파를 내보내는 경우가 있어. 단지 예전에 제이슨에게 당했던 일을 생각하기만 해도 그런 전파를 내보내게 되지. 사라, 무엇보다 가장 멋진 일은, 네 기분이 어떤지를 알면 네가 언제 전파를 내보내 무엇과 조화를 이루는지 알 수 있다는 거야."

"무슨 말이야?"

"네가 행복하거나 감사하는 마음을 가지고 다른 사람이나 사물의 긍정적인 면을 보면, 넌 전파를 내보내서 네가 원하는 상황과 조화를 이루게 돼. 하지만 화를 내거나 두려움, 죄의식, 또는 실망감을 느끼면 바로 그 순간 네가 원하지 않는 상황과 조화를 이루는 거야."

"매번 그렇다는 거야, 솔로몬?"

"그래, 항상. 언제나 네 느낌을 믿어야 해. 네 느낌이 바로 너의 길잡이야. 오늘 한 이야기를 잘 생각해 봐, 사라. 앞으로 며칠 동안 주변을 살펴 봐. 그리고 네가 어떤 감정을 느끼는지 생각하는 거야. 언제 전파를 내보내고 무엇과 조화를 이루는지, 그걸 알아내 봐, 사라."

"알았어, 솔로몬. 하지만 어려운 일인 것 같아. 연습을 많이 해야겠어."

"맞아, 연습을 많이 해야 돼. 다행이 네 주변엔 사람들이 많으니까 연습할 기회도 많을 거야."

그 말과 함께 솔로몬은 하늘 위로 날아올라 사라졌다. 사라는 한숨처럼 중얼거렸다.

"말이야 쉽지, 솔로몬. 너는 같이 지내고 싶은 사람을 고를 수 있잖아. 린이랑 토미와 함께 학교에 갇혀 있지 않아도 되고 제이슨과 같이 살지도 않으니까."

그때 마치 울타리 기둥 위에 앉아서 말할 때처럼 선명한 솔로몬의 목소리가 사라의 귓속을 파고들었다.

"사라, 다른 누군가가 어떤 일을 하고 어떤 일을 하지 않는지에 따라 행복해지기도 하고 불행해지기도 한다면 넌 덫에 걸린 거야. 다른 사람의 생각이나 행동을 통제할 수 없기 때문이지.

하지만 사라, 다른 사람이 무슨 일을 하건 상관없이 기쁨을 느낄 수 있다면 넌 꿈속에서나 맛볼 수 있는 진정한 자유를 현실 세계에서도 누릴 수 있어. 네가 무엇에 관심을 가지냐에 따라 네 기분이 좋아지거나 나빠지는 거야."

15

행복을 위한 밸브 열기

"학교가 싫어!"

화가 잔뜩 난 사라는 소리를 질렀다. 땅바닥에 고개를 숙인 채 씨근덕거리며 계속 걸어갔다. 그리고 비참했던 하루 동안 일어난 사건들을 하나도 빼놓지 않고 떠올려 보았다.

아침 등교 시간. 학교 운동장에서 있었던 일이다.

사라가 정문에 다다른 바로 그때, 통학버스가 도착했다. 버스 기사 아저씨가 차 문을 열자 거친 남자애들이 뛰어내리며 사방에서 사라를 치고 지나갔다. 그 바람에 사라는 넘어질 뻔했고, 들고 있던 책이 떨어지고 가방 안의 물건도 다 쏟아졌다. 그 가운데, 요르겐센 선생님에게 제출하려던 숙제가 말 그대로 짓밟혀버린 일은 생각도 하기 싫었다. 사라는 구겨진데다 진흙까지 묻은 종이 더미를 모아 가방에 집어넣었다.

"얼마나 정성을 들여 썼는데 어떻게 이럴 수가 있어!"

사라는 참지 못하고 투덜거렸다. 어젯밤, 과제물을 가방 안에 넣기 전에 다시 정성을 들여 두 번씩이나 다시 썼던 것이다.

흐트러진 물건을 바삐 정리하면서 커다란 문 안으로 걸어 들어가던 사라는 너무 천천히 걷는 바람에 웹스터 선생님과 마주치고 말았다.

"빨리 움직여, 사라. 시간이 천년만년 기다려주는 줄 아니!"

대부분의 학생들이 가장 싫어하는 3학년 선생님이었다.

"네, 살아 있어서 죄송합니다! 그런데, 오늘은 대체 왜들 이러는 거야!"

사라가 작은 목소리로 중얼거렸다.

하루에도 수백 번은 시계를 쳐다봤으리라. 심술궂은 사람들이 바글거리는 장소에서 자유를 찾아 벗어나고 싶어서였음은 물론이다. 마침내 마지막 종이 울리고, 드디어 사라는 자유의 몸이 됐다.

"난 학교가 싫어. 지독하게 싫어. 끔찍하다는 생각밖에 안 드는 학교생활이 뭐가 소중하다는 거야?"

사라는 습관처럼 솔로몬의 숲으로 향했다. 새커의 오솔길로 들어가려고 마지막 모퉁이를 돌면서, 사라는 다시 투덜거렸다. 오늘 하루는 정말 최악이야! 지금은 기분이 너무 안 좋아. 솔로몬을 만난 후로 오늘처럼 기분이 안 좋은 날은 처음이야.

"솔로몬, 난 학교가 싫어. 전부 다 시간 낭비야."

솔로몬은 말이 없었다.

"학교는 날 가둬두는 새장 같아. 게다가 새장에 갇힌 사람들은 모두 심술궂고 하루 종일 날 해치려고만 해."

솔로몬은 여전히 말을 하지 않았다.

"애들은 서로를 못살게 굴고 선생님들도 모두 심술만 부려. 다들 왜 그러는지 모르겠어."

솔로몬은 여전히 침묵을 지키며 사라를 바라보았다. 잠들지 않았다는 표시로 가끔씩 커다랗고 노란 눈만 끔뻑거렸다. 절망의 눈물이 사라의 뺨을 타고 흘렀다.

"솔로몬, 난 행복해지고 싶어. 그런데 학교에서는 행복해질 수가 없어."

"그렇다면 사라, 마을을 떠나야겠구나."

갑작스런 솔로몬의 이야기에 사라는 깜짝 놀랐다.

"무슨 말이야 솔로몬? 마을을 떠나야 한다니?"

"나쁜 일이 많아서 학교를 떠나고 싶다면 이 마을에서도 떠나야 해. 그리고 이 지방을 떠나고 또 이 나라를 떠나야 하지. 나중에는 지구를 떠나 우주로 나가야 해. 그 다음에는 널 어디로 보내야 할지 모르겠어."

사라는 어리둥절했다. 자신이 알았던 사랑스런 솔로몬의 입에서 나온 말 같지 않았다.

"솔로몬, 그게 무슨 소리야?"

"사라, 우주 전체에는 좋은 면과 나쁜 면이 섞여 있어. 모든 사람들, 모든 상황, 모든 장소, 매 순간 속에 그 두 가지 측면이 존재하지. 그건 영원히 사라지지 않아. 나쁜 일이 있다는 이유로 어떤 장소나 상황에서 벗어나 다른 곳으로 간다 해도, 너는 똑같은 상황에 처하게 되는 거야."

"그 말을 들으니까 기분이 이상해, 솔로몬. 희망이 사라지는 것 같아."

"사라, 네가 원하는 상황만 존재하는 완벽한 장소를 찾으려고 하지 마. 어디에 있든 네가 원하는 상황을 찾으려고 노력해야 해."

"그런다고 뭐가 달라지지?"

"우선 기분이 좋아질 거야. 원하는 상황을 찾으려고 노력하면 그와 비슷한 상황들이 연이어 일어나게 된다고. 그렇게 되면 주변 상황이 점점 좋아지지."

"하지만 솔로몬, 정도 차이라는 게 있잖아. 이 학교는 세상에서 제일 끔찍한 곳이야."

"싫어하는 것 때문에 그 장소를 떠나 다른 곳으로 간다 해도 마찬가지야. 넌 네가 싫어하는 것들을 가지고 가게 되니까."

"하지만 솔로몬, 나는 심술궂은 선생님들과 못돼먹은 아이들을 데려갈 생각은 없어."

"그렇겠지. 하지만 사라, 어디를 가든 너는 그들과 굉장히 닮은 사람들을 만나게 될 거야. '끼리끼리 어울린다'는 말 기억해? '전구 배열판'을 떠올려 봐. 네가 싫어하는 상황을 보고 그에 대해 생각하고 이야기하면, 넌 그 상황에 동화되고 마는 거야. 결국 네가 어디를 가든 그것들도 널 따라다닐 거야."

"네가 했던 말, 사실 너무 어려워 솔로몬."

"당연히 그럴 거야. 다른 사람들처럼 너도 어떤 상황에 반응하는 법을 배웠기 때문이지. 그래서 네 주변의 상황이 좋으면 넌 기분이 좋아지고, 상황이 나쁘면 네 기분은 아주 엉망이 되잖아."

솔로몬은 천천히 눈을 깜빡였다.

"대부분의 사람들은 먼저 완벽한 상황을 찾으려고 하지. 그리고 그런 상황을 발견하면 행복을 느껴. 하지만 얼마 지나지 않아 상황을 통제할 수 없다는 사실을 깨닫고, 이내 절망에 빠지지. 이 세상에서 완벽한 상황을 찾으려고 해서는 안 돼. 대신 감사할 만한 일을 찾아야 해. 그렇게 하면 넌 완벽한 상황과 같은 전파를 네 스스로 내보내고, 결국 완벽한 상황을 불러올 수 있어."

"그러니까 네 말은……."

사라는 말을 맺지 못하고 한숨을 내쉬었다. 너무 어려운 이야기라서 이해하기 힘들었기 때문이다.

"사람들이 자기 주변의 모든 상황을 파악하려고 할 때 만사는 복잡해져. 모든 상황이 어떻게 벌어졌는지, 어떤 상황이 좋고 어떤 상황이 나쁜지, 나쁜 상황과 좋은 상황을 모두 밝혀내려고 하다가는 모두가 미치고 말 거야. 하지만 네 삶을 보다 간단하고 행복하게 만드는 방법이 있어. 네 밸브가 열렸는지 잠겼는지에 주의를 기울이는 거야."

"내 밸브라고? 그게 뭔데?"

"사라, 맑고 긍정적인 에너지는 언제나 너를 향해 흐르고 있어. 집으로 흘러드는 수돗물과 비슷하지. 수돗물은 항상 수도꼭지 안에 있어. 그렇기 때문에 물이 필요할 때는 수도꼭지를 열기만 하면 돼. 그럼 물이 나오지. 하지만 수도꼭지를 잠가두면 물이 나오지 않아. 네가 할 일은 행복이 들어올 수 있게 네 밸브를 열어두는 거야. 행복은 항상 네 가까이에 있어. 넌 밸브를 열어 행복을 들여보내야 해."

"하지만 솔로몬, 주위에 온통 화를 내고 심술을 부리는 사람밖에 없는데 나 혼자 밸브를 열어놓는다고 효과가 있을까?"

"일단 네 밸브를 열어봐, 그럼 심술궂은 사람이 그렇게 많아 보이지 않을 거야. 어떤 경우에는 그런 사람들이 네 눈앞에서 변하기도 하지. 자신의 밸브를 완전히 열지도 잠그지도 못한 채 망설이는 사람들이 아주 많아. 그런 사람들을 만났을 때 네 밸브를 열어두면 그들도 미소 짓거나 친절하게 말을 건넬 거야."

사라는 가만히 고개를 끄덕였다.

"밸브를 열어두면 지금 당장 일어나고 있는 일뿐만 아니라, 내일과 그 다음 날 일어날 일까지도 달라진다는 사실을 명심해. 오늘 네 기분이 좋아지면 내일과 그 다음 날 일어날 상황도 네 마음에 들 거야. 명심해 사라. 아무리 나빠 보이는 상황일지라도 네 밸브를 잠글 만큼 나쁘지는 않아. 항상 밸브를 열어두는 게 중요해. 이 말을 기억해 둬, 사라. '무슨 일이 있어도 나의 밸브를 열어두겠다!'라고 말이야."

"알았어, 솔로몬."

크게 확신이 서지는 않았다. 하지만 지금까지 솔로몬이 가르쳐준 방법을 사용하면 언제나 모든 일이 잘 풀렸으니까!

"네 말대로 해볼게. 효과가 있었으면 좋겠어."

숲을 빠져나가던 사라는 솔로몬이 있던 자리를 뒤돌아보았다. 그리고 중얼거렸다. 무슨 일이 생기든 기분이 좋다면 정말 멋지겠지. 항상 내가 원했던 일이라고.

16

변하지 않은 상황

집 앞에 도착한 사라는 엄마 차가 세워져 있는 것을 발견했다.

이상하네. 이렇게 일찍 집에 오실 리가 없는데?

"엄마, 저 왔어요."

현관문을 열면서 사라가 소리쳤다. 이런, 내가 집에 도착했다고 이렇게 소리를 다 치다니! 놀라운 변화군. 대답은 없었다. 식탁 위에 가방을 내려놓은 사라는 부엌을 나가 안방으로 이어지는 복도를 걸어가면서 다시 소리쳤다.

"집에 아무도 없어요?"

"사라, 엄마 여기 있어."

조용한 엄마의 목소리가 들렸다. 엄마는 방의 커튼을 친 채, 돌돌 만 분홍색 수건을 눈과 이마 위에 얹고 침대에 누워 있었다.

"왜 그래요, 엄마?"

"머리가 좀 아프구나, 사라. 하루 종일 머리가 아파서 회사 일에 집중할 수가 없었어. 그래서 오늘은 일찍 집에 왔단다."

"지금은 좀 어때요?"

"눈을 감고 있으니 좀 괜찮아. 아무래도 잠시 누워 있어야겠다. 나중에 나가마. 문 좀 닫아주겠니, 사라?"

"예."

"그리고 제이슨 오면 엄마가 조금 있다가 나간다고 말해. 좀 자고 나면 괜찮을 거야."

사라는 뒤꿈치를 들고 안방을 빠져나와 조용히 문을 닫았다. 어두운 복도에 잠시 멈춰 서서 무엇을 해야 할지 생각했다. 아니, 무슨 일을 해야 하는지 잘 알고 있었다. 사라가 맡은 집안일은 항상 똑같았기 때문이다.

하지만 오늘은 뭔가 달랐다.

엄마가 아파서 일찍 집에 돌아온 적이 언제 또 있었는지 기억도 나지 않았다. 뭔가가 사라의 마음을 불안하게 했다. 가슴이 철렁 내려앉는 것 같았고, 길을 잃은 듯한 느낌이 들었다, 언제나 든든하고 유쾌한 엄마의 모습이 사라의 일상에 얼마나 크나큰 안정을 가져다주었는지, 이제야 알 것 같은 기분이었다.

"이런 기분은 싫어. 엄마가 빨리 나았으면 좋겠어."

사라가 중얼거렸다. 그때 솔로몬의 목소리가 들렸다.

"사라, 네 주변의 상황 때문에 행복해지기도 하고 불행해지기도 하니? 아주 좋은 기회 같은데, 내 말대로 해보는 게 어때?"

"좋아, 솔로몬. 그런데 어떻게 하면 되지? 내가 뭘 해야 해?"

"그냥 네 밸브를 열기만 하면 돼. 기분이 나쁠 때 네 밸브는 잠겨있어. 네 밸브가 열렸다는 느낌이 들 때까지 기분 좋은 생각을 해봐."

사라는 부엌으로 들어갔다. 하지만 옆방에 누워 있는 엄마의 모습이 여전히 떠올랐다. 식탁 위에 놓인 엄마의 지갑을 보자 더더욱 엄마 생각을 멈출 수가 없었다.

"뭔가를 해봐. 네가 할 만한 집안일을 생각해 낸 뒤 부지런히 움직이는 거야. 네가 항상 하던 일 말고 다른 일도 해봐."

솔로몬의 말을 들은 사라는 즉각 행동에 옮겼다. 재빠른 걸음 걸이로 집 안 구석구석을 돌아다니며 지난 밤 식구들이 어지럽혀 놓은 물건들을 치우기 시작했다. 거실 바닥을 점령한 신문지를 모아서 한쪽에 쌓아두고 거실 탁자 위의 먼지를 털었다. 싱크대와 욕실의 욕조를 씻고 부엌과 욕실의 쓰레기통을 비웠다. 거실 한쪽 구석에 어색하게 놓인 아빠의 커다란 떡갈나무 책상과 그 위에 흩어진 서류도 정리했다. 하지만 너무 크게 흐트러뜨리지는 않았다. 어지럽게 흩어진 서류들이 아빠 나름대로의 방식에 따라 놓여 있을 수 있었기 때문이다.

사라는 확실한 목적을 가지고 재빨리 움직였다. 엄마의 잠을 방해하지 않기 위해 거실 양탄자를 진공청소기로 밀지 않기로 했을 때, 사라는 잠시 생각에 잠겼다. 아주 짧은 시간에 기분이 매우 좋아졌다는 것을 깨달았다. 하지만 그와 동시에 엄마가 아프다는 나쁜 상황이 생각났고, 그러자 단박에 우울하고 불쾌해졌다.

"세상에! 내 느낌과 생각이 어떻게 연결돼 있는지 이제 알겠어. 상황은 변하지 않아. 내 생각이 변하는 거야."

사라는 기뻤다. 매우 중요한 사실을 알아냈기 때문이다. 다른 사람이나 다른 사물 때문에 기뻐하거나 슬퍼하지 않을 수 있는, 그런 방법 말이다.

안방 문이 열리는 소리가 들렸다. 복도로 나온 엄마가 부엌에 들어왔다.

"어머나, 집 안이 아주 깨끗해졌구나!"

엄마가 기쁜 목소리로 말했다. 훨씬 기분이 좋아진 듯했다.

"이제 머리 안 아파요, 엄마?"

사라가 부드럽게 물었다.

"훨씬 나아졌어. 네가 이렇게 집안일을 거들어준 덕에 푹 쉴 수 있었어. 고맙다, 사라."

기쁨이 사라의 가슴을 가득 메웠다. 방과 후 매일 하던 일 말고 몇 가지 일을 좀더 했을 뿐이었다. 보통 때 엄마는 사라에게 고맙다고 말하지 않았다. 그런데 사라가 밸브를 열자 엄마가 고맙다고 말했다. 난 할 수 있어. 어떤 상황에서도 내 밸브를 열어 둘 수 있어. 사라는 솔로몬이 기억하라고 했던 말을 떠올렸다.

"무슨 일이 있어도 내 밸브를 열어두겠다."

17

행복의 수도꼭지

잘했음, A.

사라가 어제 제출한 과제물 맨 위에 적힌 요르겐센 선생님의 글씨였다. 과제물을 돌려받은 사라는 밝은 빨간색 잉크로 쓰인 글씨를 보면서 너무 티 나게 웃지 않으려고 애썼다. 그때 사라는 앞에 앉은 여자애에게 과제물을 건네주면서 자신을 흘낏 쳐다보는 선생님과 눈이 딱 마주쳤다. 선생님이 느닷없이 윙크를 했다.

심장이 쿵쾅쿵쾅 뛰었다. 사라는 자신이 무척 자랑스러웠다. 생전 처음 맛보는 기분 좋은 느낌이었다. 사라는 당장 숲으로 달려가고 싶은 마음에 조바심이 났다. 솔로몬에게 어서 이 일을 이야기하고 싶었던 것이다.

"솔로몬, 요르겐센 선생님한테 무슨 일이 일어났는지 알아? 선생님이 완전히 다른 사람이 됐어."

"그는 같은 사람이야. 단지 네가 그의 다른 면을 보게 된 거야."

"아냐, 내가 다른 면을 본 게 아냐. 평상시와는 아주 다른 행동을 보였다고."

"어떤 행동을 했는데 그래?"

"전보다 더 자주 미소를 지어. 종이 울리기 전에 휘파람을 불기도 했다고. 전에는 그런 적이 없었는데 말야. 게다가 나한테 윙크까지 했어! 수업 시간에도 재미있는 이야기를 많이 하고. 솔로몬, 선생님이 예전보다 훨씬 행복해 보여."

"아마 요르겐센 선생님이 네가 만들어낸 기쁨의 사슬에 연결됐기 때문일 거야."

사라는 멍해졌다. 지금 자기 자신 때문에 선생님의 행동이 바뀌었다고 말하는 걸까?

"솔로몬, 그럼 내가 선생님을 더 행복하게 만들었다는 거야?"

"물론 너 혼자 힘으로 한 건 아니지. 요르겐센 선생님이 진심으로 행복한 삶을 원했기 때문에 가능했던 거니까."

솔로몬은 다정히 말했다.

"하지만 그런 마음을 깨달을 수 있도록 도와준 건 바로 너야. 네 덕분에 요르겐센 선생님은, 젊은 시절에 왜 교사가 되고 싶어 했는지를 다시 떠올리게 됐지."

"그런데 솔로몬, 내가 어떻게 선생님을 도와줬다는 거야? 나는 요르겐센 선생님과 별다른 이야기를 나눈 적도 없는데."

"네가 요르겐센 선생님에게 감사했기 때문이야. 그래서 그 모든 일을 할 수 있었어. 어떤 사람이나 사물에 관심을 쏟으면 자연스럽게 고맙다는 생각이 들어. 그런 식으로 넌 다른 사람을 행복하게 해줄 수 있어. 감사하는 마음을 다른 사람들에게 뿌려주는 거지."

"정원의 호수로 물을 뿌리는 것처럼 말이야?"

말도 안 되는 자신의 비유가 재미있어서 깔깔대며 웃었다.

"그와 비슷해. 하지만 사람들에게 물을 뿌려주기 전에 먼저 호스를 수도꼭지에 연결해야 해. 감사하는 마음이 바로 그 일을 해주지. 네가 감사하는 마을을 가지거나 누군가를 사랑할 때, 또는 다른 사람이나 사물의 긍정적인 면을 볼 때, 넌 행복의 수도꼭지에 연결되는 거야."

"그런데 누가 수도꼭지 안에 감사하는 마음을 넣어놓았어, 솔로몬? 그런 마음은 어디서 생긴 거야?"

"사라, 감사하는 마음은 항상 거기에 있어. 원래부터 거기에 있었지."

"그럼 왜 더 많은 사람들이 감사하는 마음을 뿌리지 않아?"

"사람들 대부분이 수도꼭지에 연결돼 있지 않기 때문이야. 일부러 그러는 게 아니라, 어떻게 하는지 몰라서 그래."

"그렇구나. 그렇다면, 내가 원하면 언제 어디서든 나를 수도꼭지에 연결하고 원하는 사람에게 감사하는 마음을 뿌릴 수 있겠네?"

"바로 그거야, 사라. 그리고 네가 감사하는 마음을 뿌릴 때마다, 얼마나 많은 것들이 눈부시게 변하는지 네 눈으로 직접 볼 수 있을 거야."

"와아! 솔로몬, 마술 같아."

"처음에는 마술 같겠지, 사라. 하지만 이건 아주 당연한 거야. 네 기분이 좋으면 다른 사람들의 기분도 좋게 되는 거야. 네가 언제나 할 수 있는 아주 자연스러운 일일 뿐이라고!"

책가방과 벗어놓은 윗도리를 집어 든 사라는 솔로몬에게 작별인사를 하려고 했다.

"내 말 꼭 기억해, 사라. 네가 할 일은 너 자신을 수도꼭지에 연결하는 거야."

"솔로몬, 날 수도꼭지에 연결하는 방법이 있어?"

"처음에는 연습을 좀 해야 될 거야. 그런 다음에는 점점 잘할 수 있어. 앞으로 며칠 동안, 무언가를 생각할 때 네 기분이 어떤지 유심히 살펴 봐. 사라, 네가 감사하는 마음을 가지거나 도움을 받았을 때, 혹은 칭찬을 받거나 좋은 면을 바라볼 때 네 기분은 아주 좋아질 거야. 그건 바로 네가 수도꼭지에 연결됐다는 소리지. 하지만 네가 남을 탓하거나 욕할 때, 또는 남의 잘못을 발견했을 때 네 기분은 나빠져. 네 기분이 안 좋을 때는 네가 수도꼭지에 연결되지 않았다는 얘기야. 사라, 잊지 말고 꼭 내 말대로 해봐."

마지막으로 이렇게 말하고 솔로몬은 사라졌다.

사라는 가벼운 발걸음으로 집을 향해 걸었다. 기분이 좋았다. 솔로몬이 가르쳐준 '감사하기 놀이'는 얼마 전에 아주 재미있게 해봤다. 그런데 감사하는 마음을 가지면 행복의 수도꼭지에 연결된다는 사실을 하나 더 알게 된 것이다. 사라는 좀더 자주 감사하는 마음을 가지기로 했다.

집으로 향하는 마지막 모퉁이를 돌았을 때이다. 천천히 걸어가는 조이 할머니가 보였다.

긴 겨울 동안 사라는 조이 할머니를 전혀 보지 못했다. 그런데 지금 밖에 나와 있는 조이 할머니를 보고 깜짝 놀랐다. 조이 할머니는 사라를 못 보았다. 그리고 사라는 조이 할머니를 소리쳐 부르지 않았다, 할머니를 놀라게 하고 싶지도, 함께 이야기하고 싶지도 않아서였다.

조이 할머니와 이야기를 하면 시간이 아주 많이 걸렸다. 조이 할머니가 말을 매우 천천히 했기 때문이다. 사라는 머릿속의 생각을 표현할 단어를 고르느라 애쓰는 할머니의 안타까운 모습을 보기 싫어서 점점 할머니를 피하게 됐다. 가끔 사라가 적절한 단어를 말해 주면서 도와주려고 하면 할머니는 오히려 화를 냈다. 그래서 사라는 할머니와 마주치지 않는 편이 좋다고 생각했다.

불쌍한 늙은 할머니가 절뚝거리며 계단을 올라가는 모습을 보자 사라는 슬펐다. 계단 난간을 있는 힘껏 잡은 조이 할머니는 현관으로 이어지는 계단을 한 번에 하나씩 천천히 올라갔다. 난 늙어서 저렇게 안 됐으면 좋겠어. 그렇게 중얼거리던 사라는, 솔로몬과 마지막으로 나눴던 이야기가 생각났다.

'그래, 수도꼭지! 수도꼭지를 틀어서 할머니에게 감사하는 마음을 뿌려줘야지! 하지만 먼저 내가 수도꼭지에 연결돼야 해. 그래야 감사하는 마음을 뿌릴 수 있는데.'

하지만 느낌이 오지 않았다.

'좋아, 다시 한 번 해보자.'

수도꼭지에 연결됐다는 느낌은 여전히 들지 않았다. 사라는 무척 실망했다.

"솔로몬, 정말 중요한 일이야. 조이 할머니에게 감사하는 마음을 뿌려줘야 한다고."

솔로몬은 대답하지 않았다.

"솔로몬, 어디 있니?"

사라가 크게 소리쳤다. 그때 계단 꼭대기에 서 있던 조이 할머니가 사라를 알아봤다.

"사라, 너 누구랑 이야기하고 있니?"

조이 할머니가 외쳤다.

"아, 아무것도 아니에요."

깜짝 놀란 사라는 얼버무리듯 대답했다. 그리고 조이 할머니가 봄을 맞아 나무를 심으려고 갈아둔 진흙투성이 정원을 지나 길 아래로 내달렸다.

집으로 향하는 사라의 얼굴은 빨갛게 달아올랐다.

18

기분이 좋아지는 생각

"솔로몬, 어제 어디 있었어?"

울타리 기둥에 앉은 솔로몬을 보자마자 사라는 따지듯 물었다.

"어제 나 자신을 행복의 수도꼭지에 연결해 조이 할머니를 도와주려 했어. 그런데 그렇게 할 수 없었어. 네 도움이 필요했단말이야."

"왜 수도꼭지에 연결할 수 없었는지 알겠어, 사라?"

"모르겠어. 왜 연결할 수 없었지? 내가 얼마나 원했는데."

"왜 그렇게 하고 싶었어?"

"조이 할머니를 돕고 싶었다고. 조이 할머니는 늙으신 데다하고 싶은 말을 어떻게 해야 할지 몰라서 항상 쩔쩔매셔. 그렇게살면 재미없을 거야."

"그래서 수도꼭지에 연결하고 싶었구나. 조이 할머니에게 감사하는 마음을 뿌려주면 잘못된 점을 바로잡을 수 있을 것 같아서? 그렇게 하면 조이 할머니가 행복해질 것 같아서?"

"응, 솔로몬. 도와줄 거지?"

"사라, 나도 도와주고 싶지만 힘들 것 같다."

"왜 힘들어, 솔로몬? 그게 무슨 소리야? 조이 할머니는 아주좋은 사람이야. 보면 너도 좋아할 거야. 한 번도 나쁜 짓을 한 적이 없는 할머니라고."

"사라, 나도 알아. 조이 할머니는 훌륭하신 분이지. 지금 우리가 조이 할머니를 도울 수 없는 이유는 조이 할머니가 나쁜 사람이라서가 아니야. 바로 너 때문이야, 사라."

"나 때문이라고? 내가 무슨 짓을 했는데? 난 그냥 할머니를도와주려고 했어!"

"그래, 그랬지. 사라. 그게 네가 하고 싶은 일이야. 하지만 넌 도움이 안 되는 일을 하고 있어. 잘 기억해 둬, 사라. 네가 할 일은 널 수도꼭지에 연결하는 거야."

"나도 알아, 솔로몬. 그래서 네 도움이 필요한 거야. 날 수도꼭지에 연결해 줘."

"하지만 사라. 난 널 도울 수 없어. 네 스스로 그 느낌을 찾아야 해."

"솔로몬, 난 무슨 말인지 모르겠어."

"사라, 기억나? 고통의 사슬에 얽혀 있으면서 동시에 행복의 수도꼭지에 연결될 수는 없어. 둘 중 하나를 선택해야 해. 원치 않는 상황을 보고 있을 때 네 기분이 나빠지면, 그건 네가 수도꼭지에서 떨어져 나갔다는 소리야. 너 자신이 행복하지 않으면 다른 사람에게도 행복을 나눠줄 수 없어."

"말도 안 돼, 솔로몬. 그렇다면 도움이 필요한 사람을 그냥 보기만 하면, 그럼 그 사람을 도울 수 없다는 전파를 내보내게 된다는 소리잖아. 생각만 해도 끔찍해. 그럼 어떻게 다른 사람을 도와줘?"

"너 자신을 행복의 수도꼭지에 연결하는 일이 가장 중요해.

그 사실을 명심해 줘. 기분이 좋아지는 생각을 많이 해봐. 상황에 신경을 쓰기보다는 네가 행복의 수도꼭지에 연결됐는지를 유심히 살펴야 해. 그게 바로 열쇠야. 사라, 어제 일을 곰곰이 생각해 봐. 조이 할머니와 무슨 일이 있었는지 말이야."

생각에 잠긴 사라는 미간을 찌푸렸다.

"어제…… 학교가 끝나고 집으로 가는 길이었어. 그러다 집 앞 도로에서 절뚝거리며 걸어가는 조이 할머니를 봤어. 할머니는 너무 심하게 절뚝거려서 제대로 걷지도 못했어. 나무로 만든 낡은 지팡이로 겨우 몸을 지탱하고 있었다니까."

"그래서 무슨 일이 일어났어?"

"아무 일도 없었어. 그냥, 그런 할머니를 보니까 슬펐어."

"그 다음에는 무슨 일이 일어났어?"

"아무런 일도 없었어, 솔로몬."

"기분은 어땠니?"

"당연히 나빴지, 솔로몬. 조이 할머니가 너무 불쌍하다고 생각했어. 할머니는 금방이라도 계단 위로 쓰러질 것 같았으니까. 그리고 나도 늙으면 조이 할머니처럼 될까 봐 무서웠어."

"지금 가장 중요한 이야기를 했어, 사라."

"뭐?"

"기분 나쁜 느낌은 네가 수도꼭지에서 떨어져 나간 때를 알려 주지. 사실 넌 언제나 수도꼭지에 연결돼 있어. 너 자신을 수도꼭지에 연결하려고 일부러 애쓸 필요가 없단 말이야."

솔로몬은 천천히 말했다.

"그 대신 네 기분이 어떤지 유심히 살펴봐야 해. 언제 네가 수도꼭지에서 떨어져 나가는지 알아낼 수 있도록. 나쁜 감정은 바로 널 수도꼭지에서 떼어놓거든."

"계속 수도꼭지에 연결돼 있으려면, 솔로몬, 뭘 해야지?"

"무엇보다 기분이 좋아지는 생각을 많이 해야지. 하지만 막막할 거야. 내 말을 완전히 이해하기 전까지는. 자, 지금부터 몇 가지 생각과 문장을 말해 볼게. 잘 듣고 어떤 기분이 드는지 말해 봐. 그 문장이 널 수도꼭지에 연결시켜 주는지 떼어놓는지 알아보는 거야, 알겠지?"

"응. 알았어."

"저 불쌍한 늙은 할머니 좀 봐. 제대로 걷지도 못하잖아."

"기분이 나빠, 솔로몬."

"앞으로 조이 할머니에게 무슨 일이 일어날지 정말 걱정이야. 할머니는 지금도 계단을 제대로 올라가지 못하는데 상태가 더 나빠지면 어떻게 될까?"

"날 수도꼭지에서 떼어놓는 생각이야, 솔로몬. 아주 쉽네."

"망나니 같은 자식들은 뭐 하는지 몰라. 왜 당장 와서 조이 할머니를 돌보지 않는 거지?"

"나도 그게 궁금했어. 그리고 그 생각을 하면 수도꼭지에서 아주 멀리 떨어진 느낌이 들어."

"조이 할머니는 늙었지만 아주 강한 분이야. 그리고 독립적인 생활을 아주 좋아하셔."

"음…… 기분이 좋아지는데."

"할머니는 그래서 다른 사람의 도움을 싫어하시는 거야."

떠오르는 것이 있었다.

단어를 떠올리려고 애쓸 때 옆에서 몇 마디를 거들면 신경질적으로 화를 내던 조이 할머니의 모습이었다.

"야! 기분이 더 좋아졌어. 그리고 네 말이 맞는 것 같아, 솔로몬. 내가 도와주려고 하면 할머니는 막 화를 내."

"저 훌륭한 할머니는 아주 오랫동안 충만한 삶을 살았어. 할머니가 불행하다고는 생각지 않아."

"기분이 좋아."

"할머니는 살고 싶은 만큼 살았을 거야."

"이번에도 기분이 좋아."

"할머니는 오래 사셨으니까 아주 재미있는 일들을 많이 알고 있을 거야. 종종 들러서 많은 이야기를 듣고 싶어."

"굉장히 기분이 좋아, 솔로몬. 찾아가면 조이 할머니도 좋아하실 거야."

솔로몬은 천천히 눈을 깜빡였다.

"이제 알겠니, 사라?"

"조금은."

사라는 기분이 좋아졌다.

"봐. 조이 할머니의 경우처럼, 사라 넌 같은 대상을 보면서도 다양한 상황을 찾아낼 수 있어. 그리고 그 상황이 너한테 도움이 되는 종류인지 그 반대인지, 네 느낌으로 알 수 있지."

"그렇구나. 네 말이 맞아, 솔로몬."

"그래, 사라. 네가 할 수 있을 거라고 생각했어. 넌 이제 조금씩 내 이야기를 이해하기 시작했어. 그러니 내 말이 사실인지 아닌지 확인해 볼 기회가 많이 생길 거야. 재미있게 연습해 봐, 사라."

19

두려움 없는 세상

모든 일이 점점 좋아졌다. 매일 나쁜 일보다 좋은 일들이 더 많이 일어나는 것 같았다.

'내 삶이 점점 좋아지고 있어.'

오늘, 사라의 세계는 아무 탈 없이 잘 굴러갔다. 학교에서는 정말로 나쁜 일이 하나도 생기지 않았다. 집으로 가면서 사라는 다시 솔로몬을 생각했다. 솔로몬을 만나게 되어 정말로 기뻐!

중앙로 다리의 구부러진 난간에 기댄 사라는 물살이 빠른 강 쪽으로 몸을 내밀었다. 사라는 즐거워서 자기도 모르게 노래를 부르고 싶었다.

남자애들의 커다란 외침 소리가 들려왔다. 사라는 고개를 들어 어느 때보다 빠른 속도로 달려가는 제이슨과 빌리를 바라보았다. 그들은 눈 깜짝할 사이에 사라를 지나쳐 갔다. 난간에 기대서 있는 사라를 보지 못한 게 분명했다. 아이들은 모자를 꽉 붙잡고 호야트 아저씨의 가게를 순식간에 스쳐 가고 있었다. 그 아이들을 지켜보고 있노라니 자기도 모르게 웃음이 나왔다.

'저 애들은 항상 소리보다 빨리 달리고 싶어 하는 것 같아.'

사라는 미소 지었다. 그 순간 사라는, 전처럼 그 애들이 성가시게 느껴지지 않는다는 사실을 발견했다. 그 애들은 크게 변하지 않았다. 아니, 변한 것이 전혀 없었다. 하지만 전과 달리 자신을 화나게 하지 않았다.

사라는 평상시처럼 자동차 보닛 아래에 머리를 파묻고 있는 맷슨 아저씨에게 손을 흔들어주었다. 그리고 발걸음을 재촉해 솔로몬의 숲을 향했다.

"날씨 참 좋다!"

아름다운 푸른 하늘을 쳐다보고 신선한 봄 공기를 들이마시며 큰 소리로 외쳤다. 마지막 남은 눈이 녹아내리고 파릇파릇한

잔디와 꽃이 피어나는 봄이다. 날아갈 듯 기분이 좋았다. 이곳의 겨울은 너무 길다. 사라가 들떠 있는 진짜 이유는 겨울이 끝나가기 때문이 아니라 방학이 다가오기 때문이다. 세 달간의 자유가 코앞에 다가왔다. 방학이 오면 사라는 늘 기뻤다. 단지 한 학기가 끝났기 때문은 아니었다. 밸브를 발견했기 때문에, 무슨 일이 있어도 항상 밸브를 열어놓는 법을 배웠기 때문에 더더욱 행복했다. 자유로운 기분이 좋아. 기분이 좋다는 사실이 좋아. 아무것도 무서워하지 않게 됐다는 사실이 좋아.

"어머!"

소스라치게 놀란 사라가 펄쩍 뛰어오르며 비명을 질렀다. 꼬리가 보이지 않을 정도로 길고 무지무지하게 굵은 뱀이 사라의 앞을 가로막았기 때문이다. 하마터면 뱀을 밟을 뻔했다. 사라는 반대 방향으로 냅다 달리기 시작했다. 쉬지 않고 한참을 미친 듯이 달려간 후에야 걸음을 멈췄다.

"내가 이렇게 겁쟁이였나?"

사라가 피식 웃었다. 제이슨과 빌리가 자신을 놀려먹는 이유를 알 것 같았다. 입가에 미소를 머금은 사라는 헐레벌떡 솔로몬의 숲으로 들어갔다. 솔로몬은 그럴 줄 알았다는 듯 느긋하게 사라를 기다리고 있었다.

"사라, 오늘 뭔가 아주 흥미로운 일이 있었나 봐?"

"솔로몬, 요즘 들어 나한테 자꾸 이상한 일이 생겨. 뭔가를 이해했다고 생각하면, 바로 다른 일이 일어나서 내가 완전히 이해하지 못했다는 사실을 알려줘. 그리고 내가 아무것도 두려워하지 않는 아이라고 생각하면, 뭔가가 튀어나와서 날 놀라고 무섭게 만든다니까. 참 이상해."

"그렇게 겁나고 놀란 얼굴은 아닌데, 사라."

"물론 지금이야 웃고 있지, 솔로몬. 하지만 좀 전에 무슨 일이 있었는지 알아. 발 앞에 엄청나게 커다란 뱀이 나타났다니까. 이제 무서울 게 없다고 말하는 그 순간에, 너무 무서워서 걸음아날 살려라 하고 뛰었다고."

"사라, 너 자신을 너무 엄격하게 다루지 마. 어떤 식으로든 원치 않는 상황과 맞부딪치면 누구나 강한 감정을 느끼게 돼. 전파의 성질이나 끌림의 종류를 결정하는 건 네가 맨 처음 느낀 감정이 아니야. 맨 처음 느낀 감정이 지나간 후 어떻게 하느냐가 더 중요해."

"무슨 말이야?"

"왜 뱀을 보고 무서워 해?"

"그거야 뱀이니까 그렇지, 솔로몬. 뱀은 무서운 동물이야! 널 물지도 모른다고. 그리고 널 아프게 하거나 죽일 수도 있어. 네 몸을 칭칭 감아서 갈비뼈를 부러뜨리거나 목을 조를 수도 있다고."

험한 이야기를 입에 담느라 사라의 가슴이 다시 쿵쿵 뛰었다.

"사라. 지금 그런 말을 하면서, 기분이 나빠졌니 좋아졌니?"

뜻밖의 질문에 사라는 멍해졌다. 뱀의 무서운 점을 꼽기에 바빠, 그런 말이 자기에게 어떤 영향을 미치는지는 조금도 생각해 보지 않았던 것이다.

"사라, 처음 감정이 지나간 다음에 할 일이 가장 중요하다고 말했던 건 그래서야."

"뭐라고?"

"그 뱀과 다른 뱀에 대해서 계속 이야기하고, 뱀이 저지를지도 모르는 온갖 나쁜 일에 대해 말하면 넌 나쁜 전파에 사로잡히게 돼. 그리고 뱀과 연관된 다른 불쾌한 경험에 점점 끌려가게 되지."

"솔로몬, 그렇다면 내가 어떻게 해야 돼? 커다란 뱀이 바로 거기 누워 있었다고. 그 뱀을 내가 봤고, 게다가 밟을 뻔했어. 만약 밟았다면 무슨 일이 일어났을지 눈 감고도……."

"사라, 넌 또 같은 실수를 하고 있어. 여전히 네가 원치 않는 상황에 대해 상상하고 그 생각에 사로잡혀 있잖아."

사라는 생각에 잠겼다. 솔로몬이 무슨 말을 하는지는 대강 알 것 같았다. 하지만 어떻게 해야 할지 몰랐다. 아아아아주 크고 무무무무척 무서운 뱀이 매매매매우 가까이 있었다. 그런데 어떻게 달리 행동할 수 있다는 말인가!

"솔로몬, 그럼 네가 커다란 뱀을 밟을 뻔한 작은 소녀라면 어떻게 할 거야?"

"네 목표가 기분 좋은 감정을 갖는 거라는 사실을 먼저 명심해야 해. 만약 다른 목표를 가지고 있다면, 넌 잘못된 길을 택한 거야. 모든 뱀이 어디에 있는지 알아내려고 하면 기분이 나빠져. 뱀이 너무 무서워서 다시는 뱀 가까이에는 가지 않겠다고 마음

먹으면 두려움에 사로잡히고 말아. 모든 뱀을 조사해서 좋은 뱀인지 나쁜 뱀인지 알아내려고 해도 그건 불가능하지. 상황을 철저히 분석하려 들면 상황이 더 나빠지니까. 뱀을 만났을 때의 기분보다 훨씬 기분 좋은 방식으로 그 문제를 풀어 나가야 해."

"정확히 어떻게 하라는 거야, 솔로몬?"

"너 자신에게 이렇게 말해 봐. 커다란 뱀은 거기 누워서 햇볕을 쬐고 있었어. 겨울이 끝나서 무척 행복했나봐. 따뜻한 햇볕을 쬐고 나처럼 기분이 좋았을 거야."

"그래도 기분이 나아지지 않아."

"아니면 이건 어때? 커다란 뱀은 나에게는 조금도 관심이 없어. 지나가면서 날 쳐다보지도 않았잖아. 할 일이 많아서 작은 소녀를 무는 일 따위는 하지도 않아."

"조금 나아졌어. 또 없어?"

솔로몬이 계속해서 말했다.

"난 정말 깜짝 놀랐어. 하지만 뱀을 밟지 않아서 다행이야. 그래서 뱀도 날 물지 않았고."

"하지만 아닐 수도 있잖아. 솔로몬, 네가 그걸 어떻게 알아?"

"사라, 뱀은 사방에 있어. 강은 물론이고 네가 걸어 다니는 풀숲에도 있지. 하지만 네가 지나가면 조용히 길을 비켜줘. 이 세상은 모든 생명체가 함께 살아갈 만큼 공간이 넓다는 사실을 뱀은 잘 알고 있어. 우리가 사는 이 지구가 완벽한 균형을 유지하고 있다는 점도 말이야. 사라, 뱀은 자신들의 밸브를 열어놓고 있다고."

"뱀도 밸브를 가지고 있어?"

"물론이지. 지구상에 사는 모든 동물은 모두 밸브를 가지고 있어. 그리고 그들은 항상 밸브를 활짝 열어두지."

"그렇구나."

사라는 생각에 잠겼다. 기분이 훨씬 좋아졌다.

"사라, 그 뱀은 여전히 네가 마지막으로 봤던 그 장소에 누워 있을 거야. 상황은 전혀 변하지 않았어. 하지만 네 느낌은 변했지."

"그래 그런 것 같아."

"사라, 지금부터 뱀에 대해 생각할 때 넌 좋은 감정을 갖게 될 거야. 네가 밸브를 열어두고, 뱀도 밸브를 열어둘 테니까. 너는 뱀과 조화롭게 살아갈 수 있어."

새로운 사실을 깨우친 사라의 눈이 밝게 빛났다.

"고마워, 솔로몬. 난 이만 가야겠어. 내일 봐."

깡충깡충 뛰어가는 사라를 보며 솔로몬이 미소를 지었다. 문득 멈춰 선 사라가 뒤를 돌아보았다.

"솔로몬, 다시 뱀을 만나면, 내가 또 무서워하게 될까?"

"그럴 거야. 하지만 겁이 나더라도 어떻게 해야 할지 알고 있잖아."

"맞아, 솔로몬. 난 어떻게 해야 하는지 알아."

"시간이 지나면 네 두려움은 완전히 사라질 거야. 뱀에 대한 두려움뿐만 아니라 모든 사물에 대한 두려움이."

숲을 빠져나가 집으로 가면서 사라는 길가에 새록새록 솟아난 잔디 속에 얼마나 많은 뱀이 숨어 있을지 생각했다. 자신만의 비밀 장소인 오솔길 옆, 무성한 덤불 속에 뱀이 숨어 있다고 생각하자 처음에는 소름이 끼쳤다. 하지만 지금까지 나타나지 않고 길을 비켜준 뱀이 정말 착하다는 생각이 들었다. 제이슨과 빌리처럼 갑자기 나타나 사람을 겁주지 않으니까!

사라는 집 앞 도로를 지나 마당으로 들어가며 미소를 지었다. 두려움이 없는 세상이 좋았다. 더할 나위 없이 좋았다.

20

솔로몬이 죽고 있어!

"누나! 누나! 무슨 일이 있었는지 알아? 우리가 솔로몬을 찾았어!"

제이슨과 빌리가 자전거를 타고 빠른 속도로 달려와 떠벌리기 시작했다. 사라는 그 자리에서 얼어붙은 듯 멈췄다. 뭐라고? 그럴 리가 없어!

"누나, 듣고 있어? 솔로몬을 찾았다니까!"

"정말이니? 아니 어디서?"

"새커의 오솔길에서 찾았어, 누나. 그리고 또 무슨 일이 있었는지 알아?"

제이슨이 자랑스럽게 말했다.

"우리가 솔로몬을 쏴 죽였어."

그 말을 듣는 순간, 사라의 무릎은 땅에 닿을 듯 꺾였다. 당장이라도 그 자리에서 쓰러질 것만 같았다.

"솔로몬은 울타리 위에 앉아 있었어. 우리가 달려들어 겁을 주니까 하늘 높이 날아가더라고. 그때 빌리가 장난감 총으로 쏴서 맞힌 거야. 굉장했어, 누나! 솔로몬은 생각했던 것만큼 크지 않았어. 날개는 아주 멋졌지만."

사라는 자신의 귀를 믿을 수 없었다. 얼이 빠져버리는 느낌이었다. 솔로몬이 생각만큼 크지 않았다고? 사라는 가방을 바닥에 팽개쳤다. 그리고 미친 듯이 솔로몬의 숲을 향해 달렸다.

"솔로몬! 솔로몬! 어디 있니, 솔로몬?"

사라는 정신없이 외쳤다.

"여기 있어, 사라. 놀라지 마."

우거진 수풀 사이에 솔로몬이 누워 있었다.

"맙소사, 솔로몬!"

눈이 쌓인 바닥에 무릎을 꿇고 사라가 외쳤다.

"그 애들이 이런 짓을 하다니!"

솔로몬은 엉망이었다. 단정하던 깃털은 어지럽게 엉켜서 사방으로 뻗쳤고 누워 있는 눈밭은 솔로몬의 피로 붉게 물들었다.

"솔로몬, 솔로몬, 내가 어떻게 하면 되지?"

"사라, 별일 아니야."

"솔로몬, 넌 피를 흘리고 있어. 이 피 좀 보라고. 너 괜찮은 거니?"

"물론, 사라. 다 잘될 거야."

"솔로몬, 더 이상 '다 잘될 거야' 하는 소리는 하지 마. 지금 내 눈으로 보기엔 전혀 괜찮지 않아!"

"사라, 가까이 와 봐."

가까이 다가간 사라는 한 손으로 솔로몬의 등을 받쳐들었다, 그리고 다른 한 손으로 턱 아래 깃털을 쓰다듬었다. 이렇게 솔로몬을 만져보는 건 처음이었다. 솔로몬은 부드럽고 연약했다. 눈물이 사라의 뺨을 타고 흘렀다.

"사라, 어지럽게 얽혀 있는 이 뼈와 날개를 진짜 솔로몬과 혼동하지 마. 이 몸은 도구에 불과해. 사물을 좀더 잘 볼 수 있게 도와주는 장식 말이야."

"솔로몬, 난 모르겠어."

"네 몸도 마찬가지야, 사라. 네 몸은 진정한 네가 아니야. 단지 진정한 네가 재미있게 놀고 성장하고 기뻐할 수 있도록 해주는 도구일 뿐이야."

"솔로몬. 난 널 사랑해. 너 없이 내가 뭘 할 수 있겠어?"

"사라, 어디서든 나 같은 올빼미를 볼 수 있어. 솔로몬은 아무 데도 가지 않아. 솔로몬은 영원해!"

"솔로몬, 넌 죽어가고 있어!"

찢어질 듯한 가슴으로 사라가 소리쳤다.

"사라, 잘 들어. 난 죽지 않아. 죽음 같은 건 이 세상에 없어. 단지 이 몸을 쓰지 않을 뿐이야. 내 몸은 이제 늙은 데다 약간 뻣뻣해졌어. 새커의 오솔길에 사는 손자, 손녀들을 즐겁게 해주려고 목을 잔뜩 꺾는 묘기를 보여줬더니 그 뒤로 계속 목이 안 좋더라고."

눈물이 뚝뚝 떨어지는데도 그 말에는 웃음이 났다. 솔로몬은 최악의 상황에서도 항상 사라에게 웃음을 가져다주었다.

"사라, 우리의 우정은 영원해. 나와 이야기하고 싶을 때는 언제든지 날 불러. 하고 싶은 이야기를 정한 후, 정신을 집중하고 기분이 좋아지는 생각만 하면 돼. 그럼 난 바로 네 곁으로 갈 거야."

"그럼 널 볼 수 있어, 솔로몬? 널 만지고 볼 수 있어?"

"아니, 그럴 수는 없을 거야, 사라. 한동안은 힘들어."

"솔로몬……."

"하지만 사라, 그게 전부는 아니잖아. 너와 난 정신적인 친구야."

그 말이 마지막이었다. 솔로몬의 연약한 몸이 눈밭 위로 축 처졌다. 그리고 커다란 눈이 감겼다.

"안 돼! 솔로몬, 떠나지 마!"

사라의 목소리가 초원 위로 울려 퍼졌다.

하지만 솔로몬은 대답하지 않았다.

사라는 일어서서 솔로몬의 시체를 내려다보았다. 눈 위에 누워 있는 솔로몬은 매우 작고 연약해 보였다. 깃털이 바람에 날렸다.

사라는 외투를 벗어 솔로몬 바로 옆에 펼쳤다. 부드럽게 솔로몬을 들어올려 외투 위에 솔로몬을 감쌌다. 그리고 솔로몬을 안고 새커의 오솔길을 빠져나갔다. 뼛속이 시릴 정도로 춥다는 사실도 깨닫지 못한 채.

"사라, 우리의 우정은 영원해. 나와 이야기하고 싶을 때는 언제든지 날 불러. 하고 싶은 이야기를 정한 후 정신을 집중하고 기분이 좋아지는 생각만 하면 돼. 그럼 난 바로 네 곁으로 갈 거야."

솔로몬이 다시 말했지만 사라는 듣지 못했다.

21

울다 지쳐 잠들다

(

하늘이 무너지는 기분이었다. 솔로몬이 얼마나 중요한 친구였는 지를 부모님에게 설명하려면, 무슨 말을 어떻게 해야 할까.

지금까지 전적으로 솔로몬에게 의지하며 길을 찾고 안식을 얻었다. 소중한 가족으로부터도 그런 감정을 가져본 적은 없었다.

지금, 사라는 솔로몬을 잃어버린 현실을 혼자서 받아들여야 했다. 의지할 데 없이 홀로 남겨졌다는 절망감이 사라를 벼랑 끝으로 내몰았다.

솔로몬의 죽은 몸을 어떻게 해야 할지 몰랐다.

얼어붙은 땅이 너무 딱딱했기 때문에 혼자 힘으로는 솔로몬의 무덤을 만들 수 없었다. 예전에 아빠는 죽은 새나 생쥐를 벽난로에 집어넣곤 했다. 하지만 솔로몬을 훨훨 타는 불 속에 던져야 한다는 생각은 하기도 싫었다.

눈물 젖은 얼굴로 솔로몬을 팔에 안고 집 앞 계단에 앉아 있을 때였다. 아빠가 자갈 깔린 도로 위를 미끄러지듯 달리다 멈춰섰다. 아빠는 사라의 가방과 구겨진 책을 들고 차에서 내렸다. 길가에 자기 물건을 내던지듯 하고 왔다는 사실을, 사라는 까맣게 잊어버리고 있었다.

"사라, 맷슨 씨가 전화를 했어. 네 가방과 책이 길에 떨어져 있다고 하더구나. 그래서 너에게 무슨 일이 생긴 줄 알았어! 사라, 너 괜찮니?"

아빠 앞에서 흉한 꼴을 보이기 싫어 사라는 급히 눈물을 닦았다. 다급한 그 순간에도 솔로몬을 숨기고 싶었다. 솔로몬의 존재를 아무에게도 알리고 싶지 않았다. 하지만, 마음 편하게 아빠에게 모든 일을 털어놓고 싶은 마음도 있었다.

"사라, 왜 그러니? 무슨 일 있었어?"

"아빠, 제이슨과 빌리가 솔로몬을 죽였어요."

"솔로몬이라고?"

사라는 외투 자락을 열고 죽은 친구를 보여주었다.

"세상에, 안 됐구나, 사라."

사라의 아빠는 죽은 올빼미가 왜 그렇게 사라에게 중요한지 이해하지 못했다. 하지만 딸이 크나큰 충격을 받았다는 사실은 분명히 알 수 있었다. 딸의 이런 모습을 전에는 한 번도 본 적이 없었다. 당장 사라를 끌어안고 키스해 주며 그 아픔을 달래주고 싶었다. 하지만 그런 행동으로 달래주기에는 딸의 아픔이 너무나 큰 것만 같았다. 무슨 일인지는 몰라도 말이다.

"사라, 솔로몬을 이리 주렴. 내가 닭장 뒤에 무덤을 만들어 주마. 넌 안에 들어가서 몸 좀 녹여."

그제야 사라는 날씨가 매우 차갑다는 것을 깨달았다. 머뭇거리던 사라는 소중한 친구 솔로몬을 아빠의 팔에 안겨주었다. 그리고는 계단에 앉아 아름다운 솔로몬을 정성스럽게 옮기는 아빠의 모습을 지켜보았다.

깃털이 보드랍게 난 친구를 심각한 표정으로 조심스럽게 다루는 아빠의 모습을 보고 있자 조금은 위안이 되었다. 사라의 친구가 얼마나 소중한 존재인지, 아빠는 조금이나마 이해한 것 같았다.

방으로 돌아온 사라는 옷을 입은 채로 침대에 누웠다. 신발을 바닥으로 벗어 던지고 베개에 머리를 파묻은 채 사라는 울다가 지쳐 잠들었다.

22

솔로몬 안에 다른 솔로몬

활짝 핀 아름다운 봄꽃, 지저귀며 날아다니는 작은 새, 팔랑거리는 나비들. 사라는 이상한 숲에 서 있었다.

"사라, 오늘은 할 이야기가 아주 많아 보이는구나."

솔로몬이 말을 꺼냈다.

"솔로몬! 솔로몬, 너 안 죽었구나. 죽지 않았어! 널 다시 볼 수 있다니! 기뻐서 눈물이 날 것 같아."

"사라, 왜 그렇게 놀라니? 죽음 같은 건 이 세상에 없다고 내가 말했잖아. 그래 오늘은 무슨 이야기를 하고 싶니?"

솔로몬은 조용히 말했다.

"솔로몬, 하지만 넌 죽었잖아. 네 몸이 무겁게 축 늘어졌고 눈이 스르르 감겼어. 그리고 넌 숨을 쉬지 않았다고."

"사라, 그건 네가 특정한 방식으로 나를 봐왔기 때문에 그런 거야. 하지만 네 소망이 전보다 더 커졌기 때문에, 이제 너는 폭넓은 방식으로 나를 볼 수 있는 기회를 얻게 됐어. 더 일반적인 방식으로 말이야."

"그게 무슨 말이야?"

"대부분의 사람들은 육체의 눈으로 사물을 바라보지, 하지만 넌 이제 더 큰 눈으로 사물을 바라볼 수 있어. 사라라는 육체 안에 살고 있는 진정한 사라의 눈으로 말이야."

"내 안에 다른 사라가 산단 말이야? 솔로몬 안에 다른 솔로몬이 살듯이?"

"바로 그거야, 사라. 그리고 네 안에 있는 사라는 영원히 살 수 있어. 네가 지금 보고 있는 솔로몬처럼 절대 죽지 않아."

"아주 멋진 이야기야, 솔로몬. 그럼 넌 내일 새커의 오솔길로 돌아올 거야?"

"아니, 사라. 난 거기 없을 거야."

사라가 이맛살을 찌푸렸다.

"생각해 봐, 사라! 넌 이제 원하기만 하면 언제든지 나와 이야기할 수 있어. 어디에 있든 상관없이 말이야. 더 이상 숲으로 갈 필요가 없다고. 단지 나를 생각하고, 나와 만나고 싶다고 생각하기만 하면 돼. 그럼 바로 네 곁으로 갈게."

"솔로몬, 하지만 난 널 만나러 숲으로 가던 때가 무척 좋았어. 전처럼 다시 그 숲으로 돌아오지 않을 거니?"

"사라, 즐거웠던 숲에서의 만남보다 이제 알게 되는 새로운 만남을 훨씬 좋아하게 될 거야. 새로운 만남에는 아무런 제약이 없어. 너도 곧 알게 될 거야. 우린 아주 재미있는 시간을 보낼 수 있어."

"솔로몬, 난 널 믿어."

"잘 자, 사라."

"솔로몬!"

사라가 솔로몬을 소리쳐 불렀다. 너무 빨리 솔로몬을 떠나보내기 싫었다.

"왜, 사라?"

"죽지 않아서 다행이야."

"잘 자, 사라. 모든 일이 순조롭게 흘러갈 거야."

23

사람마다 다른 생각들

"솔로몬, 너를 쏜 제이슨과 빌리에게 왜 화를 내지 않아?"

"화를 내라고? 내가 왜 그 애들한테 화를 내야 하는데?"

"솔로몬! 그 애들은 널 쐈어!"

사라가 놀라서 소리쳤다. 자신에게 그렇게 끔찍한 일을 저지른 애들에게 화도 안 내다니.

"사라, 난 제이슨과 빌리를 떠올리면 항상 고맙다는 생각이 들어. 그 애들이 널 내게 데려다줬잖아."

"하지만 솔로몬, 그보다 널 쏜 죄가 더 크다고 생각하지 않아?"

"사라, 가장 중요한 사실은 내 기분이 좋다는 거야. 제이슨과 빌리에게 화를 내면서 동시에 기분이 좋을 수는 없어. 내 밸브를 열어두는 게 가장 중요해. 그래야 언제든지 기분이 좋아지는 생각을 할 수 있거든."

"잠깐만, 솔로몬. 그럼 말도 못하게 나쁜 사람이 있어도, 그 사람한테 신경을 안 쓴단 얘기야? 사람들이 아무리 나쁜 행동을 해도 화를 안 낸다고?"

"그래, 사라. 네 말대로야."

"솔로몬, 말도 안 되는 소리 하지 마. 그 애들은 널 쐈다고! 상상하지도 못할 만큼 나쁜 짓을 했단 말이야."

"사라, 내가 몇 가지 물어볼게. 날 쏜 제이슨과 빌리에게 내가 무섭게 화를 내면, 그 애들이 그런 장난을 더 이상 하지 않을까?"

사라는 대답하지 못했다. 솔로몬이 화를 낸다고 해서 상황이 달라지지는 않으리라. 사라 역시 장난으로 총을 쐈대는 제이슨과 빌리에게 수도 없이 화를 냈지만, 그 애들은 조금도 바뀌지 않았으니까.

"아니, 솔로몬. 그렇지 않을 거야."

"내가 화를 내면 뭔가 도움 되는 일이 생길 것 같아?"

사라는 말없이 생각에 잠겼다.

"내가 그 애들에게 화를 내면, 아마 화난 네 마음은 좀 누그러질 거야, 사라. 하지만 그렇게 되면 난 네 고통의 사슬에 얽히고 말아. 결국 좋은 일은 절대 안 생기지."

"하지만 솔로몬, 그건……."

사라가 항의하려 했지만, 솔로몬이 말을 끊었다.

"사라, 우리는 어떤 행동이 옳고 그른지에 대해 밤낮을 쉬지 않고 이야기할 수 있어. 적절한 행동과 부적절한 행동을 가려내려고 애쓰며 남은 세월을 보낼 수도 있지. 어떤 상황에서는 어떤 행동이 적절하고 어떤 행동이 부적절한지를 알아내려고 노력할 수도 있고, 어떤 상황에서 내 기분이 왜 나쁜지 알아내려고 고민을 할 수도 있겠지. 그러나 그건 시간 낭비일 뿐이야. 되도록 빨리 기분이 좋아지도록 노력하는 게 최선이야. 그만큼 내 삶이 더 행복해지고 더 나아가 다른 사람들에게 행복을 나눠줄 수 있으니까."

솔로몬은 부드러운 미소를 지었다.

"오랜 세월을 살아오면서 배운 것은, 내 생각에 따라 내 밸브를 잠그거나 열 수 있다는 사실이었어. 그건 모두 내 선택에 달려 있어. 그래서 나는 제이슨과 빌리를 탓하지 않기로 했어. 그건 나한테 전혀 도움이 안 돼. 그 애들한테도 그렇고."

방금 전까지도 사라는, 그렇게 잔인한 짓을 한 제이슨을 절대 용서하지 않겠다고 다짐했었다. 그런데 지금 솔로몬은 조금도 제이슨을 탓하지 않고 있다.

"내 말을 잘 기억해 둬, 사라. 네 주변의 상황이 네 감정을 통제하기 시작하면 넌 항상 덫에 걸리게 돼. 네 느낌을 스스로 통제할 수 있도록 연습해야 해. 그래야 네 생각도 통제하게 되고, 결국 넌 진정한 자유를 누릴 수 있어."

전에도 이와 비슷한 이야기를 들은 기억이 났다. 하지만 그때는 이렇게 큰일이 일어나기 전이었다.

"사라, 이 거대한 세상에 사는 사람들은 대부분 무엇이 옳고 그른가에 대해 서로 다른 생각을 가지고 있어. 그렇기 때문에 네가 보기엔 부적절한 행동이 종종 보여질 거야. 그렇다면 사라,

그런 사람들한테 네 마음에 들도록 행동 방식을 바꾸라고 말할 거니? 네가 그들의 행동을 바꿀 수 있다면, 그렇게 하겠니?"

과연 그럴 수 있을까? 그렇다면 행복할 것인가? 사라는 고민에 빠졌다.

"아니, 그러지 않을 거야."

"그렇다면 또 어떤 방법이 있을까? 사람들의 다양한 행동을 피해 평생 숨어 지낼 거니? 이 아름다운 세상에서 죄수처럼 지낼 거야?"

그 선택 또한 마음에 들지 않았다. 한때 사라가 즐겨 취했던 태도이기도 했지만 말이다. 얼마 전까지만 해도, 사라는 다른 사람들과 떨어진 채 자기만의 생각에 사로잡혀 지냈다. 대부분의 사람들과, 거의 모든 사람들과 어울리지 않았다. 행복한 시절은 아니었어! 사라는 그때를 회상하며 고개를 저었다.

"네 밸브를 열어놓으면, 넌 언제든지 기쁨을 느낄 수 있어. 많은 사람들이 다른 선택을 하고 다른 것을 믿으며 다른 것을 원하고 달리 행동한다는 사실을 인정해야 돼. 그 모든 것들이 모여 더 완벽한 세상을 이루고 그중 어떤 것도 널 위협하지 않는다는 사실을 이해해야 해. 그러면 넌 자유롭고 활기차게 살아갈 수 있어. 단지 네가 네 밸브를 어떻게 다루느냐 하는 문제만이 너에게 영향을 끼칠 뿐이야."

"하지만 솔로몬, 제이슨과 빌리는 단순히 널 겁주기만 한 게 아니야. 그 애들은 널 쐈어. 널 죽였다고!"

"사라, 아직도 그 일을 잊어버리지 못했니? 난 죽지 않았잖아. 나는 그 어느 때보다 생생하게 살아 있어. 사라, 내가 그 늙고 지친 올빼미의 몸으로 영원히 살았으면 좋겠어?"

솔로몬은 또렷하게 말했다. 조금도 지치거나 늙어 보이지 않는 목소리로.

"나는 그 육체로부터 놓여나서 아주 기뻐. 게다가 난 원하면 언제든지 내 에너지를 다른 젊고 강한 생명체에 불어넣을 수 있어."

"그럼 넌, 그 애들이 널 쏴 죽이기를 원했다는 말이야?"

"그래, 사라. 그 애들과 내가 함께 한 일이야. 그래서 그 애들이 날 볼 수 있었던 거지. 난 그 애들의 도움을 받아서 지금처럼 중요한 경험을 하고 싶었어. 나뿐만 아니라 너를 위해서."

그렇다면, 솔로몬은 일부러 제이슨과 빌리 앞에 나타나서 그들의 총에 맞았다는 것인가? 사라는 적지 않은 충격을 받았다. 여태까지, 솔로몬이 총에 맞았던 사건에만 사로잡혀 그 밖의 것은 생각해 볼 겨를이 없었던 것이다.

"사라, 모든 일은 순조롭게 흘러간다는 사실을 잊지 마. 네 육체의 눈에는 어떻게 보일지 몰라도, 그건 매우 중요한 사실이야. 그리고 네 밸브를 열어놓으면 항상 좋은 일만 생긴다는 사실을 명심하고. 제이슨과 빌리에게 감사하는 마음을 가지도록 해봐. 그럼 기분이 한결 좋아질 거야."

"돼지가 날아다닌다면 모를까, 그건 불가능해."

사라는 자기가 한 말에 어쩔 수 없는 웃음을 터뜨렸다.

"널 위해서 생각해 볼게, 솔로몬. 하지만 네 말은 지금까지 내가 알고 있던 사실과 너무 달라. 난 항상 잘못을 하면 벌을 받아야 한다고 배웠거든."

"문제는, 무엇이 잘못됐고 누가 잘잘못을 가려야 하는지를 사람들이 모른다는 거야. 사람들은 대부분 자기 말이 맞고 다른 사람은 틀렸다고 믿어. 그래서 육체를 가진 그들은 수십 년 동안

싸움을 일삼으며 서로를 죽였어. 네가 살고 있는 이 지구상에는 수천 년 동안 전쟁과 살상이 끊이지 않았지. 그리고 아직까지 서로 화해하지 못했어. 네가 너 자신의 밸브에 신경을 쓰면 모든 일이 훨씬 좋아지고 네 삶도 나아질 거야."

"다른 사람들도 그들의 밸브에 대해서 알게 될까? 모든 사람이 이 사실을 배울 수 있을 것 같아?"

사라는 솔로몬의 이야기에 담긴 거대한 힘에 사로잡히는 기분이었다.

"그건 중요하지 않아, 사라. 무엇보다 네가 그 사실을 배울 수 있느냐가 중요해."

"알겠어, 솔로몬. 네가 말한 대로 조금씩 연습해 볼게."

"잘 가, 사라. 오늘 너랑 같이 있어서 정말 즐거웠어."

"나도 그래, 솔로몬. 잘 가."

24

끊이지 않고 흐르는 행복의 물결

자전거를 탄 제이슨과 빌리가 귀에 거슬리는 소리를 지르며 사라가 있는 옆을 빠르게 지나쳐 갔다. 사라는 미소를 지었다. 제이슨과 빌리가 더 이상 심술궂은 짓을 하지 않으면 굉장히 실망스러우리라는 생각을 해보았다. 제이슨과 빌리 그리고 사라는 항상 서로 도우면서 함께 어울려 재미있고 이상한 게임을 했다. 나는 누나의 버릇없는 동생, 빌리는 심술궂은 내 친구, 우리의 임무는 시도 때도 없이 누나의 인생을 비참하게 만드는 것 그리고 누나의 임무는 비참한 기분을 느끼는 것. 그런 식의 게임 말이다.

"참 이상해. 난 저 애들을 즐겁게 해주고 싶지 않은데. 어쩌다 이렇게 됐을까?"

집을 향하던 사라는 습관대로 숲으로 이어지는 모퉁이를 돌아가려고 했다. 더 이상 솔로몬을 숲에서 만날 수 없다는 사실을 깜박했던 것이다. 그러다가, 솔로몬이 총에 맞은 사건과 자신을 쏜 버릇없는 두 남자애에 대한 솔로몬의 생각이 떠올랐다. 먹구름이 걷히듯 머리가 맑아졌다.

"제이슨과 빌리는 솔로몬을 쐈어. 그런데도 솔로몬은 그들을 사랑해. 솔로몬은 어떤 상황에서도 자신의 밸브를 열어둘 수 있어. 그렇다면 나도 내 밸브를 열어두는 법을 배울 수 있을 거야. 내 삶을 아주 소중하게 생각하면, 다른 사람들의 행동이나 말 때문에 괴로워하지 않게 될지도 몰라."

따스한 기운이 사라의 온몸을 감쌌다. 마음은 한없이 가벼워졌고 가슴이 두근거렸다. 사라는 자신이 뭔가 중요한 내용을 깨달았다는 사실을 알아챘다.

"잘했어, 사라. 내 생각도 너와 똑같아."

사라는 솔로몬의 목소리를 들었다.

"안녕, 솔로몬. 너 어디 있니?"

사라는 솔로몬의 모습을 직접 눈으로 보고 싶었다.

"나, 여기 있어, 사라."

솔로몬은 애매하게 대답했다.

"사라, 너는 방금 삶의 중요한 비밀을 알아냈어. 무조건적인 사랑이 무엇인지 이해한 거야."

"무조건적인 사랑?"

"그래, 네가 사랑할 줄 아는 사람이라는 점을 깨닫기 시작한 거지. 너는 순수하고 긍정적인 정신의 에너지, 바로 사랑을 품은 육체야. 무슨 일이 생기든, 그리고 어떤 상황에서든 순수한 사랑의 에너지를 간직하고 있으면 너는 무조건적인 사랑을 할 수 있게 돼. 그리고 나면 네가 진정 누구인지, 네가 이 세상에 왜 왔는지를 알게 되지, 또한 네가 존재하는 목적을 이루게 돼. 굉장히 멋진 일이 벌어지는 거야."

사라는 기분이 상쾌해졌다. 솔로몬의 거창한 이야기를 완전히 이해하지는 못했지만, 아주 중요한 이야기일 것 같다는 느낌을 받았다. 그리고 자신을 향한 솔로몬의 사랑을 눈치 챌 수 있었다.

"사라, 처음에는 내 말이 이상하게 들릴지도 몰라. 대부분의 사람들은 들어보지도 못한 내용이니까. 하지만 내 말을 이해하지 못하면 절대 행복해질 수 없어. 잠시 동안이면 몰라도 영원히는 안 돼. 잠깐 앉아서 내 이야기를 들어봐, 사라. 내가 더 자세하게 설명해 줄게."

사라는 양지바른 곳에 주저앉아 솔로몬의 말에 귀를 기울였다.

"세상에는 순수하고 긍정적인 에너지의 물결이 있어. 그 물결은 항상 너를 향해 흐르고 있지. 어떤 사람들은 생명력이라고 불러. 다른 이름도 많아. 어쨌든 그 에너지의 물결이 네가 살고 있는 이 행성을 만들었어. 이 아름다운 행성을 유지시켜 주는 힘도 에너지의 물결이지."

솔로몬의 목소리는 오늘따라 무척 듣기 좋았다.

"지구가 다른 행성과 일정한 간격을 두고 궤도를 따라 돌도록 만들어주는 건 에너지의 물결이야. 미생물의 균형과 물의 균형을 맞춰주기도 하지. 잠들었을 때 네 심장을 뛰게 하는 것도 바로 그런 힘이야. 에너지의 물결은, 경이롭고 강력한 행복의 물결이야. 그리고 그 물결은 밤이고 낮이고 상관없이 언제나 너를 향해 흐르고 있어."

"와아!"

경이롭고 강력한 물결 이야기를 막연히 상상하며 사라는 탄성을 질렀다.

"사라, 넌 이곳 지구에 사는 사람으로서 매 순간 그 경이로운 물결을 받아들이거나 거부할 수 있어. 그 물결이 널 뚫고 지나가게 할 수도 있고, 그 물결을 받아들이지 않을 수도 있고."

"왜 사람들은 그 물결을 받아들이지 않는 거야?"

"내 이야기를 이해하기만 하면 사람들은 모두 행복의 물결을 받아들이려고 할 거야. 일부러 그 물결을 거부하는 사람은 사실 없어. 단지 습관 때문에 그걸 거부하는 거야."

"어떤 습관 말이야, 솔로몬?"

"사람들은 행복의 물결을 거부한 사람들이 만들어놓은 상황을 보기 때문에 행복의 물결을 받아들이지 못하는 거야."

사라는 어리둥절했다. 무슨 말인지 이해할 수 없었다.

"예를 들어 네가 어떤 사람이나 사물에 관심을 갖고 지켜보면 넌 거기서 흘러나오는 전파의 영향을 받게 돼. 만약에 네가 아픈 사람을 보면서 고통을 관찰하거나 고통에 대해 이야기하고 생각하면 넌 행복의 물결을 거부하게 되는 거야. 행복의 물결을 받아들이려면 행복한 모습을 봐야 해."

드디어 솔로몬의 말을 이해한 사라는 목소리를 높였다.

"아하! 저번에 얘기했던 끼리끼리 어울린다는 말과 비슷하구나. 그렇지?"

"맞아, 사라. 끌림의 법칙이지. 행복을 끌어당기고 싶으면 행복의 전파를 받아야 해. 아픈 사람에게 신경을 쓰면서 동시에 행복을 받아들일 수 없는 것은, 그렇기 때문이야."

솔로몬의 말을 곰곰이 생각하던 사라는 혼란스러워졌다.

"하지만, 솔로몬. 아픈 사람들은 도와줘야 해. 그런 사람들을 보지도 않는다면 어떻게 도와줘?"

"보는 건 괜찮아, 사라. 하지만 그들을 아픈 사람으로 봐서는 안 돼. 점점 나아지는 모습을 봐야 돼. 훨씬 나아진 모습이나 건강했던 시절의 모습을 생각하는 거야. 누군가 아프다는 핑계를 대고 너를 향해 흘러오는 행복의 물결을 거부해서는 안 돼. 사라, 사람들은 주변의 모습을 관찰하는 데 익숙해져 있기 때문에 내 말을 잘 이해하지 못해. 어떤 상황을 봤을 때 기분이 나빠지면 그건 행복의 물결을 거부했다는 신호야. 사람들이 그 사실을 알아차리면 더 이상 기분 나쁜 상황을 보지 않으려 할 거야."

사라는 고개를 끄덕였다.

"사라, 다른 사람들이 무엇을 하는지, 한 순간이라도 이해하려고 들지 마. 단지 행복의 물결에만 신경을 써. 끊이지 않고 계속해서 흐르는 행복의 물결은 항상 너를 향하고 있어. 기분이 좋으면 네가 행복의 물결을 받아들이고 있다는 소리야. 그리고 기분이 나쁘면 네가 행복의 물결을 거부했다는 거야. 이제 알겠지?"

"조금."

"그럼, 사라, 넌 무얼 제일 하고 싶어?"

"난 항상 기분이 좋았으면 좋겠어."

"그럼 이제 네가 텔레비전을 보고 있다고 생각해 봐. 그것도 아주 기분 나쁜 장면을 보고 있어."

"사람이 총에 맞아 죽거나 사고로 다치는 장면 말이지?"

"그래, 그거야. 그런 장면을 보고 기분이 나빠지면 무슨 일이 일어나는지 알겠니?"

사라가 밝게 웃었다.

"응, 알겠어. 솔로몬. 행복의 물결을 거부하는 거야."

"정확하게 맞췄어, 사라! 기분이 나쁠 때는 언제나 행복의 물결을 거부하고 있는 거야. '안 돼!' 하고 말하거나 반항할 때도 마찬가지지. 사라, 암이 싫다고 말하는 사람은 행복의 물결을 받아들이지 못해. 살인자가 싫다고 말하는 사람도 마찬가지야. 가난이 싫다고 하는 사람도 행복의 물결을 거부하는 거지. 네가 원하지 않는 상황에 신경을 쓰면 거기서 나오는 전파의 영향을 받게 돼. 결국 네가 원하는 상황을 거부하게 되는 거야. 그렇기 때문에 네가 원하지 않는 상황을 구별해 내고 네가 원하는 상황을 찾아서 '좋아!' 하고 말하는 일이 가장 중요해."

"그게 다야? 그렇게만 하면 돼? '싫어' 대신에 '좋아' 하고 말하기만 하면 된다고?"

사라는 날아갈 듯 기분이 좋았다. 이건 아주 간단한 일이잖아!

"솔로몬, 이건 정말 쉬워! 난 할 수 있어! 다른 사람들도 모두

할 수 있을 거야!"

솔로몬은 그런 사라의 모습에 흐뭇해했다.

"그래, 사라, 넌 할 수 있어. 바로 그걸 다른 사람들에게 가르쳐줘야 해."

"……내가? 내가 말야, 솔로몬?"

"며칠 동안 새로 배운 사실을 곰곰이 생각해 봐. 너 자신과 네 주변 사람들을 주의 깊게 살펴보라고. 그러면 대부분의 사람들이 '좋아, 해도 돼' 하는 말보다는 '싫어, 하면 안 돼' 하는 말을 더 많이 쓴다는 사실을 알 수 있을 거야. 그러다 보면 자연적인 흐름인 행복의 물결을 거부할 때 사람들이 어떤 말을 하는지 알 수 있어. 잊지 말고 꼭 내 말대로 해봐. 사라!"

25

우리는 행복을 쫓아내고 있어!

⌣

다음 날. 사라는 어제 솔로몬과 했던 이야기를 떨쳐버릴 수 없었다. 솔로몬이 그렇게 중요하게 생각하는 내용을 알게 되다니. 온종일 흥분이 가라앉지 않았다.

솔로몬은 다른 사람들을 관찰하며 긍정적인 문장보다 부정적인 문장을 얼마나 더 많이 쓰는지 알아보라고 말했었다. 그래서 사라는 사람들이 하는 말을 자세히 들어보기로 했다.

"사라, 오늘 늦으면 안 돼."

엄마가 경고했다.

"저녁에 손님이 올 거야. 그래서 네 도움이 필요해. 손님이 오는데 집 안이 엉망인 걸 보여주고 싶지 않아. 알겠지?"

"알았어요, 엄마."

사라는 마지못해 대답했다. 손님은 사라가 좋아하는 대상이 아니었다. 좋아하다니! 사실은 그 정반대였다.

"사라, 늦으면 안 돼!"

사라는 이른 아침부터 솔로몬이 말했던 증거를 찾아냈다는 사실을 알아채고는 놀라지 않을 수 없었다. 정말 그렇잖아. 문을 활짝 열어놓고 문간에 서 있던 사라는, 깊은 생각에 빠져 찬바람이 거실 안을 가득 채우고 있다는 사실을 깨닫지 못했다.

"사라! 거기 서 있으면 안 돼! 찬바람이 들어오잖니! 사라, 제발 어정거리지 말고 어서 가. 그러다 학교 늦겠다."

이야! 놀라운 일이었다. 엄마는 2분 동안에 '무엇을 원하지 않는다'는 문장을 다섯 개나 말했다. 뭔가를 하고 싶다는 말은 한마디도 안 했다. 그리고 더 놀랍게도, 자신이 그랬다는 사실조차 깨닫지 못했다.

집 앞 계단을 뛰어 내려갈 때 아빠는 도로에 쌓인 눈을 막 다 치운 뒤였다.

"넘어지고 싶지 않으면 조심해라, 사라. 길이 미끄러워."

사라는 입이 찢어지도록 웃었다. 야아! 정말 놀라워!

"사라, 내 말 들었니? 조심해, 잘못하면 넘어진다."

안 된다는 단어를 쓰지 않았지만 그래도 아빠는 여전히 자신이 원하지 않는 상황을 말했다.

마음이 들뜨기 시작했다. 사라는 자신이 원하는 상황만 말하고 싶었다.

"난 괜찮아요, 아빠. 넘어지지 않을 거예요."

그리고 사라는 생각했다.

'이런, 이것도 긍정적인 문장은 아니잖아.'

아빠에게 아주 멋진 문장을 들려주고 싶었던 사라는 걸음을 멈추었다. 그리고 아빠를 똑바로 바라보면 말했다.

"도로를 끼끗이 치워줘서 고마워요, 아빠. 아빠 덕분에 넘어지지 않을 거예요."

이런, 일부러 긍정적인 말만 하겠다고 마음먹었는데 여전히 '넘어지지 않을 거예요'가 튀어나오다니! 사라는 큰 소리로 웃었다. 쉬운 일이 아니구나. 그렇게 중얼거리던 사라는 자신도 모

190

르게 놀라며 다시 웃었다.

'쉬운 일이 아니라고? 솔로몬. 이제 네 말뜻을 알겠어.'

집에서 2백 미터쯤 걸어갔을 때이다. 문이 쾅 하고 닫히는 소리가 났다. 돌아보니 제이슨이 한 손에 가방을 들고 다른 손으로 모자를 움켜쥔 채 빠른 속도로 사라를 향해 달려오고 있었다. 눈을 반짝이며 빠르게 달려오는 제이슨을 본 사라는 그 속셈을 알아챘다. 옆을 빠르게 스쳐 지나가며 나를 화나게 할 작정이리라. 예전에 수십 번 그랬던 것처럼. 그리고 사라는 제이슨의 예상대로 소리를 질렀다.

"제이슨, 그러지 마. 하지 말라니까! 하지 말라고 했지 제이슨!"

사라는 있는 힘껏 소리를 쳤다. 그러다가 멍한 기분이 들었다.

'이럴 수가. 또 시작이야. 하지 말라는 말을 하고 싶지 않는데 또 했어. 가만. '하고 싶지 않다'고? 정말 미치겠군.'

사라는 거의 정신을 못 차릴 지경이었다. 말조차도 자기 마음 먹은 대로 할 수가 없다니. 제이슨은 사라를 스치고 지나가 한 블록 정도 앞서 가고 있었다.

사라는 지난 10분 동안 일어났던 놀랄 만한 사건을 되새겨 봤다. 나중에 솔로몬과 의논할 수 있도록, 부정적인 문장을 적어두는 게 좋겠다는 생각이 들었다. 그래서 사라는 가방에서 작은 공책을 꺼내 들었다. 그리고 다음과 같이 적기 시작했다,

늦으면 안 돼.

집 안을 엉망으로 해놓고 싶지 않아.

거기 서 있으면 안 돼! 찬바람 들어오잖니!

학교에 늦으면 안 돼.

넘어지고 싶지 않으면 조심해라.

쉬운 일이 아니야.

제이슨, 하지 마.

그때 요르겐센 선생님이 교실에서 남학생 두 명에게 소리치는 소리가 들렸다.

"복도에서 뛰지 마라!"

사라는 그 문장도 적었다. 그때 지나가던 다른 반 선생님이 사

물함에 기대어 서 있는 사라에게 말했다.

"서둘러라. 늦겠다."

사라는 그 말도 공책에 적었다.

또다시 긴 학교 수업이 시작되었다. 사라는 의자에 앉았다. 그때 교실 앞에 붙어 있는 게시판을 보고 입을 다물지 못했다. 그 게시판은 한 해 내내 거기 붙어 있었지만, 그 내용이 지금처럼 눈에 확 들어온 적은 없었다. 자신의 눈을 믿을 수 없을 정도였다. 사라는 공책을 꺼내 게시판의 내용을 적었다.

교실에서 떠들지 말 것.

껌을 씹지 말 것.

교실에서 음식을 먹거나 음료수를 마시지 말 것.

장난감을 가져오지 말 것.

교실에서 장화를 신지 말 것.

창밖을 보지 말 것.

과제물을 늦게 내지 말 것.

교실에 애완동물을 가져오지 말 것.

게으름 피우지 말 것.

사라는 혼이 나간 사람처럼 앉아 숨을 몰아쉬었다. 솔로몬 말이 맞았어. 우리들은 행복을 쫓아내고 있어, 세상에!

그날 하루 종일, 사라는 그렇게 사람들을 관찰하며 귀를 쫑긋 세웠다. 점심시간에는 아이들로부터 멀찍이 떨어져서 뒤에 앉은 선생님 두 분이 이야기하는 소리를 엿들었다. 그들의 모습은 보이지 않지만 목소리는 또렷하게 들렸다.

"잘 모르겠어요. 선생님은 어떻게 생각해요?"

한 선생님이 말했다. 그리고 다른 선생님이 대답했다.

"나라면 하지 않겠어요. 어떻게 될지 전혀 모르잖아요. 지금보다 더 나빠질 수도 있어요."

'대단해.' 사라가 절로 고개를 끄덕였다. 선생님들이 무슨 이야기를 하고 있는지는 알 수 없지만, 한 가지 사실은 분명했다. 선생님들도 부정적인 문장을 별생각 없이 쓰고 있다는 점 말이다. 공책을 꺼낸 사라는 방금 들은 말을 목록에 추가했다.

잘 모르겠어요.

나라면 하지 않겠어요.

사라가 솔로몬과 이야기하고 싶어 공책에 적은 내용은 벌써 두 장을 넘어가고 있었다. 겨우 오전 수업이 끝났을 뿐인데 말이다.

그날 오후에도 오전 시간에 적은 것만큼 많은 문장을 목록에 추가할 수 있었다.

던지지 마!

하지 마!

안 된다고 했지!

내 말 못 들었니?

내가 분명하게 말 안 했나?

밀지 마!

다시는 너하고 말 안 할 거야!

하루가 끝날 무렵 사라는 녹초가 됐다. 온 세상 사람들이 행복을 쫓아내려는 것 같았다.

"솔로몬, 네 말이 맞았어. 사람들은 대부분 긍정적인 말보다는 부정적인 말을 많이 해. 나도 그래, 솔로몬. 어떤 식으로 말해야 하는지 아는데도 그게 잘 안 돼."

그렇게 말하던 사라는 머리에 손을 가져갔다.

"잘 안 돼, 라고? 이 말도 목록에 추가해야겠군. 아휴, 정말 기가 막혀서!"

"멋진 목록을 만들었구나, 아주 바빴겠는걸?"

"솔로몬, 이게 다가 아냐. 내가 오늘 들은 말에 비하면 이건 반도 안 된다고. 사람들은 주로 부정적인 문장을 쓰고 있어. 그러면서 그 사실조차 모르는 거 있지! 나도 똑같아, 솔로몬. 정말 어려워."

"사라, 어렵지 않아. 무엇을 찾아야 하는지, 목적이 무엇인지, 그것만 알면 돼."

"어떻게?"

"우선 네가 적은 문장을 몇 개 읽어 봐. 내 말이 무슨 뜻인지

196

가르쳐줄게."

"늦지 마."

"제 시간에 오너라."

"손님이 오는데 집 안이 엉망인 걸 보여주고 싶지 않아."

"우리 집에 온 손님이 편안하게 지냈으면 좋겠어."

"거기 서 있으면 안 돼! 찬바람 들어오잖니!"

"집 안을 포근하고 따뜻하게 하자!"

"학교에 늦지 마."

"제 시간에 도착하면 좋겠다."

"넘어지고 싶지 않으면 조심해라."

"정신을 똑바로 차리고 균형을 잡아라."

"쉬운 일이 아니야."

"해낼 거야."

"복도에서 뛰지 마."

"다른 사람을 생각해야지."

"교실에서 떠들지 말 것."

"함께 의논하면서 공부하자."

"창밖을 보지 말 것."

"수업에 집중해 주면 참 고맙겠구나."

"과제물을 늦게 내지 말 것."

"과제물을 제때에 내자."

"교실에 애완동물을 가져오지 말 것."

"애완동물은 집에 있으면 더 행복할 거야."

"솔로몬, 넌 참 잘하는구나."

"사라, 너도 잘할 수 있어. 단지 연습이 좀 필요할 뿐이야. 그리고 사용하는 단어는 그다지 중요하지 않아. 해로운 상황을 밀쳐내려고 한다는 점이 더 큰 문제야. 너희 엄마는 '문 열어 놓지 마라' 하고 말했을 때 자신이 원하지 않는 상황을 밀어내려고 했어. 하지만 '문 닫아라'라고 말할 때도 여전히 자신이 원하지 않는 상황을 생각했지. 그래서 엄마는 자신이 밀어내려는 상황이 내보내는 전파의 영향을 받게 됐어."

솔로몬은 부드러운 목소리로 말했다.

"네가 원하지 않는 상황을 밀어내려고 하기보다 네가 원하는 상황을 느긋하게 생각해 봐. 물론 말도 방향을 일러주지만, 느낌이야말로 네가 받아들이는지 거부하는지를 가장 정확하게 알려주는 안내자야. 잊지 말고 꼭 내 말대로 해봐. 사라, 싫다고 말하면 넌 여전히 원하지 않는 상황을 밀어내고 있는 거야. 네가 원하는 상황에 대해 계속 이야기해야 한다는 사실을 기억해. 그렇게만 하면 모든 상황이 점점 좋아질 거야."

26

사방에 흘러넘치는 행복

방학이 왔다.

마지막 수업을 끝내고 집으로 돌아가는 사라는 기분이 이상했다. 작년까지만 해도, 불편하기 그지없는 반 친구들과 섞여 지내지 않고 여름 내내 혼자만의 시간을 가질 수 있는 방학의 시작은 하늘을 날듯 기분 좋고 행복한 일이었다. 그런데 올해는 달랐다. 짧은 한 해 동안 사라는 많이 변했다.

아름다운 봄 공기를 들이마시며 활기차게 걷던 사라는 잠시 뒷걸음질을 쳤다. 주변의 모든 사물과 사람들을 하나도 놓치지 않고 보고 싶었다.

하늘은 어느 때보다도 더 아름다웠다. 더 푸르고 더 짙었다. 하얗고 부드러운 구름이 하늘색과 대조를 이루며 눈부시게 빛났다. 보이지 않는 먼 곳에서 감미롭고 낭랑한 새소리가 들렸다. 그 소리는 사라의 귀에 선명하게 닿았다. 피부를 스치는 공기의 감촉이 더없이 상쾌했다.

사라는 곳곳에서 흘러넘치는 기쁨을 느끼며 걸었다.

"보이지? 사라, 사방에 행복이 담겨 있어."

"솔로몬, 너구나!"

"사방에 있어."

솔로몬의 목소리가 사라의 머릿속에서 울렸다.

"맞아. 사방에 있어. 내 눈으로 보고 느낄 수 있어."

"사방에 행복이 흘러넘쳐. 행복의 물결은 항상 너를 향해 가고 있어. 끊이지 않고, 계속 흐르고 있어. 넌 매 순간 그 물결을 받아들이거나 거부하지. 그 물결을 받아들이거나 거부할 수 있는 사람은 오직 너뿐이야."

솔로몬의 부드럽고 다정한 목소리가 이어졌다.

"너에게 가장 중요한 것을 가르쳐주고 싶어. 육체를 가진 다른 사람들에게서 배운 거부의 몸짓을 줄이고 없애는 방법 말이야."

"그게 뭐지?"

"물질세계를 거닐면서 배운 거부의 몸짓을 버려. 그러면 네가 누려야 할 가장 자연스러운 행복, 네가 당연히 가져야 할 행복이 너를 향해 흘러가게 돼. 너희 모두를 향해."

사라는 솔로몬과 나눴던 경이로운 대화를 떠올려보았다. 얼마나 멋진 만남이었던가! 솔로몬과 대화를 나누며 매 순간 값지고 놀라운 경험을 할 수 있었다. 솔로몬은 사라가 거부의 몸짓을 버리도록 도와주었다. 솔로몬이 처음부터 자신에게 가르쳐주고 싶었던 것은 거부의 몸짓을 버리는, 바로 그 과정이었다. 사라는 선명하게 깨달을 수 있었다.

"사라, 너도 선생님이야."

자신이 제일 좋아하는 선생님의 그 말에, 사라는 놀랐다. 눈이 휘둥그레지고 숨도 쉬기 어려웠다. 감사하는 마음이 사라의 온몸을 감싸는 듯했다.

"사라, 너는 모든 일이 순조롭게 흘러간다는 믿음을 전해야 해. 너 자신의 선명한 경험을 많은 사람들에게 말해. 그러면 사람들은, 자신이 밀어내야 할 상황은 세상에 없다는 사실을 이해하게 될 거야. 밀어내는 행위 자체가 행복을 쫓아내는 일이라는 사실도 또한 알게 될 거야."

사라는 솔로몬의 말에 담긴 특별한 힘을 느꼈다. 눈물겨운 감동이 사라의 가슴에 촉촉이 스며들었다.

사라는 날아갈 듯 가벼운 발걸음으로 자갈이 깔린 집 앞 도로를 지났다. 내쳐 마당을 가로질렀다. 그리고 현관 계단을 뛰어올라 집 안으로 들어갔다.

"저 왔어요!"

집 안에 있는 누군가가 들을 수 있도록 큰 소리로 외쳤다.

27

지구 밖으로의 여행

사라는 일찍 잠자리에 들었다. 솔로몬과 다시 이야기하고 싶었던 것이다. 눈을 감고 숨을 깊이 들이마시며 솔로몬과 함께했던 아름다운 순간을 떠올려 보았다.

"모든 일이 순조롭게 흘러갈 거야."

그 말을 선명한 목소리로 크게 외쳤다. 그러던 사라는 묘한 기척에 눈을 떴다. 그리고 깜짝 놀라고 말았다. 몇 주 동안 보지 못했던 솔로몬이 침대 위에 붕 떠 있었다. 하지만 날개는 움직이지 않고 있었다. 공중에 매달린 것처럼, 전혀 힘을 들이지 않고 사라의 머리 위에 떠 있었다.

"솔로몬!"

사라가 기뻐서 소리쳤다.

"정말 보고 싶었어!"

솔로몬이 미소 지으며 고개를 끄덕였다.

"솔로몬, 넌 무척 아름다워!"

하얀 눈 같은 솔로몬의 깃털은 조명을 받은 듯 밝게 빛났다. 이전에 알고 있던 모습보다 훨씬 크고 대단히 밝았지만, 분명히 사라의 솔로몬이었다. 사라는 솔로몬의 눈을 깊숙이 들여다보았다.

"우리 같이 날자. 사라! 보여주고 싶은 게 많아."

그러자고 말하기도 전에, 사라는 강력한 힘을 느꼈다. 지난번 솔로몬과 함께 날았던 때처럼 강한 힘이.

그들은 작은 마을 위로 한없이 높이 날아올랐다. 너무 높이 올라가서 사라가 아는 장소는 하나도 없었다. 감각이 극도로 예민해졌다. 눈에 보이는 모든 사물이 놀랄 정도로 아름다웠다. 사라가 지금까지 본 그 어떤 것보다 선명했고 찬란한 색채였다. 공기 중에 떠도는 묘한 향기는 사라를 취하게 만들었다. 그렇게 달콤

하고 아름다운 향기는 한 번도 맡아본 적이 없었다.

아름다운 새소리, 물소리, 바람 소리가 들렸다. 종소리와 아이들의 행복한 목소리가 귓가를 맴돌았다. 피부에 와 닿는 바람의 감촉은 한없이 부드러웠다. 상쾌한 모습이 보였고 상쾌한 냄새가 났으며 상쾌한 소리가 들렸고 상쾌한 감촉이 느껴졌다.

"솔로몬, 어쩜 이렇게 아름다울까!"

"사라, 너에게 이 행성의 근본적인 행복을 보여주고 싶어."

솔로몬이 무엇을 보여주려고 하는지 상상할 수도 없었지만 사라는 두렵지 않았다.

"난 준비됐어!"

사라와 솔로몬은 지구를 벗어났다. 달을 지나고 다른 행성과 별을 지나쳤다. 한 순간에 그들은 몇 광년은 가야 할 거리를 여행했다. 사라는 아름다운 지구가 멀리서 빛을 발하며 자전하는 모습을 지켜보았다. 지구는 달과 다른 행성, 별 그리고 태양과 완벽하게 어울렸다.

지구를 바라보자 행복감이 사라의 작은 몸을 가득 메웠다. 자신의 역할을 정확히 알고 있는 상대와 춤을 추듯, 천천히 힘 있게 돌아가는 지구가 자랑스러웠다. 사라는 장엄한 광경에 놀라 숨을 들이켰다.

"저기를 봐, 사라. 모든 일이 순조롭게 흘러가고 있어."

사라는 미소를 지었다. 감사의 물결이 온몸을 감싸고 있었다.

"너의 행성을 맨 처음 만들어낸 에너지가 지금도 네 행성을 유지시켜 주고 있어. 끊이지 않는 순수하고 긍정적인 에너지가 항상 너를 향해 흐르고 있지."

사라는 지구를 바라보며 고개를 끄덕였다.

"더 가까이 가보자."

이제 사라는 다른 행성들을 볼 수 없었다. 하지만 빛을 발하는 지구의 모습이 사라의 시야를 가득 채웠다. 바다와 하늘의 경계가 선명하게 보였다.

해안선은 마치 굵은 펜으로 그어놓은 선 같았다. 수면은 빛을 발하는 수백만 개의 전구를 품은 듯 밝게 반짝였다.

"사라, 수백만 년 전에 지구를 풍성하게 해준 바다가 바로 지금 이 지구를 풍성하게 해주는 그 바다라는 사실을 알고 있니? 무한한 행복이 그 안에 깃들어 있어. 생각해 봐, 사라. 새로운 것이 지구로 들어오거나 나가는 게 아니야. 원래 존재하고 있던 엄청난 자원을 인간이 대대손손 다시 발견하는 거지. 찬란한 생명의 힘은 항상 그 자리에 그대로 있어. 육신을 가진 인간들이 조금씩 그 힘을 발견하는 거지. 더 가까이 가보자."

솔로몬과 사라는 바다 위로 빠르게 날아 내려갔다. 상큼한 바다 냄새가 났다. 모든 일이 순조롭게 흘러가고 있었다. 그들은 바람처럼 날아올라 크고 길며 들쭉날쭉한 그랜드캐니언을 향했다.

사라는 눈부신 광경을 즐겼다. 굉장히 푸르고 무지무지 아름다우며 행복이 가득한 모습이었다.

"이건 뭐지?"

지표면 위로, 커다란 회색 구름과 검은 연기를 내뿜으며 튀어나온 물체가 보였다. 마치 아이스크림 같은 모습이었다.

"화산이야, 사라. 더 가까이 가서 보자."

사라가 싫다고 말하기도 전에 솔로몬은 쏜살같이 연기와 먼지 속으로 돌진했다.

"굉장해!"

사라가 소리쳤다. 연기가 무척 짙어서 한 치 앞도 볼 수 없었지만 절대적인 행복을 느낄 수 있었다. 연기 속을 빠져나온 그들은 활발하게 활동하는 화산을 경이로운 표정으로 내려다보았다.

"행복의 증거야, 사라. 지구가 완벽한 균형을 맞추려고 노력하는 모습의 하나지."

그들은 위로, 위로, 더 위로 날아올랐다. 그러자 또 다른 놀라운 광경이 눈에 들어왔다.

불이었다, 아주 큰 불이었다. 붉은 불꽃이 짙은 연기에 휩싸인 채 아주 길게 이어져 있었다. 거센 바람에 날려 연기가 완전히 사라지면 불꽃이 선명하게 보였다. 하지만 연기가 다시 짙어지면 잠시 동안 불꽃을 볼 수 없었다. 가끔씩 동물들이 불을 피해 달아나는 모습이 보였다. 사라는 아름다운 숲과 많은 동물의 보금자리가 파괴되는 모습을 보자 슬펐다.

"솔로몬, 너무 끔찍한 일이야."

사라가 숨죽여 속삭였다.

"사라, 단지 행복의 증거일 뿐이야. 지구가 균형을 맞추고 있다는 증거라고. 좀더 오랫동안 이곳을 지켜보면 불이 토양을 얼마나 기름지게 만들어주는지 알 수 있어. 새로운 씨가 자라서 번성한 모습을 보면 불이 얼마나 귀중한 존재인지 깨닫게 돼. 불도 지구의 균형을 맞춰주는 요소 가운데 하나야."

"집을 잃은 동물들이 불쌍해."

"불쌍하다고 생각하지 마. 그들은 새 집을 찾게 될 거야. 부족하다고 느끼지도 않아. 그들은 순수하고 긍정적인 에너지를 품은 생명체야."

"하지만 솔로몬, 어떤 동물은 죽잖아."

그러자 솔로몬이 미소를 지었다.

"죽음이 아직 극복하기 힘든가 보구나, 그렇지? 모든 일이 순조롭게 흘러갈 거야, 사라."

사라는 자신을 감싸는 행복한 느낌이 좋았다. 지금까지는 바다가 위험하고 무서운 곳이라고만 생각했었다. 상어가 득실대고 배가 난파되고 사람이 빠져 죽으니까. 화산 폭발을 다룬 뉴스를 보면 겁을 먹었다. 항상 산불이나 재앙을 보도하는 뉴스가 가득했으니까. 지금까지 그 모든 것들을 밀어내고 있었다는 사실을 사라는 깨달았다.

"우리 다른 곳을 둘러보자."

사라와 솔로몬은 밤새도록 날아다녔다. 이 행성에 가득 찬 행복을 지켜보았다. 망아지가 태어나는 모습, 병아리가 알을 깨고 나오는 모습을 바라보았다. 수천 명의 사람들이 차를 타고 다녔지만 서로 충돌하는 사람들은 별로 없었다. 수천 마리의 새가 따뜻한 곳을 찾아 떠나는 모습과 겨울을 맞이해 가축들의 털이 자라는 모습을 보았다.

나무가 우거진 정원과 막 나무를 심어놓은 정원, 새로 생긴 호수와 사막, 태어나는 동물과 사람, 죽어가는 동물과 사람을 보았다. 사라는 매 순간 모든 일이 순조롭게 흘러간다는 사실을 알았다.

"솔로몬, 이 모든 사실을 내가 어떻게 다른 사람에게 설명할 수 있을까? 그들이 이해할 수 있을까?"

"사라, 그건 네 일이 아니야. 너만 이해하면 돼."

사라는 안도의 한숨을 내쉬었다. 그때였다.

"사라, 일어나! 할 일이 많아."

엄마가 깨우는 소리였다 눈을 떴다. 자신을 내려다보는 엄마의 모습이 보였다. 잠은 달아났지만, 사라는 이불을 머리 위로 끌어올렸다. 또다시 찾아온 아침이 싫었다.

"모든 일이 순조롭게 흘러갈 거야, 사라. 우리가 함께한 여행을 기억해."

솔로몬의 목소리가 들렸다. 사라는 이불을 끌어내리고 엄마에게 눈부신 미소를 지었다.

"고마워요. 엄마! 바람처럼 빨리 움직일 게요. 모든 일이 다 잘될 거예요. 순식간에 준비를 끝낼 게요."

침대에서 벌떡 일어난 사라는 재빨리 자신 있게 그리고 즐겁게 움직이기 시작했다. 커튼을 열고 창문을 올렸다. 그리고 활짝 미소를 지으며 양팔을 쭉 뻗었다.

"정말 아름다운 날씨야!"

사라가 활기차게 외쳤다. 뜻밖의 모습에 당황한 사라의 엄마는 멍한 표정을 지어 보였다.

"사라, 괜찮니?"

"네, 완벽해요! 모든 일이 다 잘될 거예요."

사라가 자신 있게 말했다.

"그래, 뭐, 네가 그렇다면 그런 거겠지."

"당연하죠. 모든 일이 다 잘될 거라니까요."

사라는 활짝 웃으며 욕실로 달려갔다.

시간여행

초판 1쇄 인쇄일 | 2017년 10월 25일
초판 1쇄 발행일 | 2017년 10월 30일

글쓴이 | 에스더 & 제리 힉스
옮긴이 | 이미정
그린이 | 캐롤라인 가레트
펴낸이 | 하태복

펴낸곳   이가서
주소   경기도 고양시 일산서구 주엽동 81 뉴서울프라자 2층 40호
전화   031) 905-3593
팩스   031) 905-3009
등록번호   제10-2539호

ISBN   987-89-5864-326-5 03840

가격은 뒤표지에 있습니다.
잘못된 책은 바꾸어 드립니다.

『시간여행』은 2003년 발간된 『사라』를 제명을 바꾸어 출간한 책입니다.